Rainer Frederic

# Herr Blau oder die Affäre Gallé

Blau's erster Fall

auf Mallorca

Für die Unterstützung und Beratung in Sachen Emile Gallé danke ich herzlich Herrn Dr. Bernd Hakenjos, *Direktor des Hetjens-Museum, Düsseldorf*, und Herrn Dr. Helmut Ricke, *Direktor der Sammlungen Museum Kunstpalast und Glasmuseum Hentrich, Düsseldorf.*

mallorca-collección
ist ein Imprint des
**editorial P&C manus**
E 07460 Pollença/Mallorca
Design & Produktion: P&C, Pollença/Mallorca
Titelbild: *La main aux algues* von Emile Gallé für die Expo 1900, Paris, gefertigt
Gesamtherstellung: GBR, Palma de Mallorca
Gráficas Mallorca SL., Inca/Mallorca


ISBN 84-89983-54-2 - DL: PM - 1990 - 2003
Printed in Spain

# Kapitel 1

Eine Art träge Nachmittagsruhe hatte sich um die Bar Bosch ausgebreitet. Blau liebte diese Stimmung: Diejenigen, die im üblichen Rhythmus des Tages lebten, waren nach einem Kaffee wieder zu ihren Geschäften geeilt oder zu ihren Einkäufen geschlendert. Blau hatte mit anderen Müssigsitzern den Platz vor der Bar für sich allein, für seine Zeitungen und für sein mehr oder weniger absichtsloses Betrachten der Vorbeikommenden.

Gelegentlich erregte eine Frau seine Aufmerksamkeit. Heute gab es eigentlich nur zwei, die kurzzeitig sein Interesse von der Zeitungslektüre wegzogen: eine lässig elegante Senora, die demonstrativ desinteressiert durch sein Blickfeld flanierte und eine junge Rothaarige. Sie wirkte wie eine Studentin und strebte offensichtlich der nahegelegenen Buchhandlung zu.

Blau traf sich unvermittelt bei dem Gedanken wieder, was eigentlich für ihn Frauen, weibliche Wesen generell interessant machte. Er wußte es und er wußte es nicht.

Eins war gewiß: Die Zeiten, in denen er vor allem auf Offensichtliches wie aufregende Figur, schönes Gesicht, auffallende Haare reagiert hatte, waren vorbei. Zu sagen, daß er nun nach inneren Werten Ausschau hielt, wäre auch übertrieben gewesen. Es war etwas anderes. Er brachte es für sich auf die Formel: eine schon optisch überaus angenehme Darstellung eines Charakters.

Blau fand sich verdammt philosophisch. Aber das paßte zu dieser Nachmittagsstimmung. Und er wußte eh: Das war nur eine Teilantwort. Ausstrahlung und Geheimnis - all das, was auch ihn gegenüber einer bestimmten Frau manchmal etwas hilflos oder besser hilfebedürftig machen konnte, waren in seiner Formel nur bedingt enthalten.

Blau machte es sich gerade wieder bequem, streckte seine langen Beine aus und wollte sich erneut den internationalen Ereignissen in seinen Zeitungen zuwenden. Da hatten Männer ihren Auftritt. Sie paßten nicht zu dem Publikum. das die Bar Bosch normalerweise frequentierte. Und sie paßten noch weniger zu Palma - so wie er es verstand, wie er es verstehen wollte.

Es waren Vier. Ein Spanier. Drei Männer - wie nicht nur der Akzent ihres Englisch verriet - kamen aus dem fernsten Osten Europas, der nun so nah gerückt war. Jetzt in Person dieser Drei.

Sie hatten es sich nur einige Meter von Blau entfernt an einem Tisch bequem gemacht.

Er fühlte sich wie eine Katze. Seine Sinne waren sofort geschärft, aber nach aussen gab Blau sich den Anschein, diese Leute mit der schläfrig-desinteressierten Aufmerksamkeit einer Katze zu betrachten.

Alles an diesen Leuten war irgendwie alarmierend. Ihre brilliglitzernden Uhren, die fetten Euronoten, die aus den Hemdtaschen protzten. Ihr Aussehen tat ein Übriges.

Der kleinste, ein Mann wie ein Stein, eine Kugel, die vor Aggressivität strotzte, war anscheinend der Anführer. Ein unangenehm rotes Sakko, das zu seiner ebenso wenig vornehmen, rötlichen Gesichtsfarbe paßte, betonte seine gewalttätige Aura. Und zu allem Überfluß leistete er sich noch eine Vollglatze, die in einem fetten Stiernacken endete.

Die anderen waren größer. Der eine eher schlaksig, der andere sehr kräftig gebaut. Und beide hatten ebenfalls die Ausstrahlung von Leuten, die es gewohnt sind, sich mit Gewalt zu nehmen, was sie wollten oder bedenkenlos auszuführen, was auch immer ihnen aufgetragen wurde. Dabei die Ängstlichkeit normaler Menschen einkalkulierend - und genießend.

So stellte sich Klein-Moritz die Handlanger der russischen Mafia vor, und nun saßen sie am Nebentisch. Mit einem Hilfswilligen spanischer Nationalität.

Blau konnte nicht umhin, sich die Gesichter dieser Leute zu merken. Dafür störten sie ihn zu sehr. Bei dem Spanier mußte er es - wenn er schon mal dabei war - bewußt tun. Denn der wirkte trotz aller Bräune doch recht farblos.

Später ärgerte sich Blau dann darüber, daß er seinen Macho-Instinkten gefolgt und etwas länger bei seinen Zeitungen und einem weiteren *cafe solo* sitzen geblieben war, als er es ursprünglich wollte.

Aber solche Leute - und sei es nur in deren Dummheit und Präpotenz - in dem Glauben zu lassen, sie hätten einen vertrieben? Das ging nun wirlich nicht. Also blieb er gute zehn Minuten länger als es seinem ursprünglichen Zeitgefühl entsprach. Dann zahlte er und entfernte sich rasch in Richtung zum Hafen.

Unheil lag in der Luft. Doch was ging es ihn an.

# Kapitel 2

"Wo steckst du denn?"

"Na wie so oft - bei Koldo Royo. Ich habe gerade gezahlt."

"Ich habe schon seit zweieinhalb Stunden versucht, Dich zu erreichen, und mehrmals auf Deine Mailbox gesprochen."

"Du solltest eigentlich wissen, daß ich das Handy beim Essen immer ausgeschaltet habe. Aber was gibt es denn so Dringendes?"

"Das ist am Telefon schwierig zu erklären. Wann können wir uns sehen?"

Klaus klang, wie er es ausgedrückt hätte, wirklich etwas echauffiert. Blau schlug deshalb vor: "Von mir aus gleich heute abend."

"Wo?"

"La Lubina?"

"Gut. Um halbneun?"

Blau stimmte zu und beschloß, die Dinge wie immer auf sich zukommen zu lassen. Aber das im wahrsten Sinne des Wortes.

Und so hatte er den Tisch selber reserviert, damit er sicher sein konnte, den zu bekommen, den er wollte. Denn Klaus Krämer ging nicht so oft ins Lubina wie er. Und Blau war bereits um viertel nach acht da.

Eigentlich neigte er von Natur aus dazu, spät zu kommen, manchmal auch etwas sehr spät. Aber heute - wo es wahrscheinlich auch um Geschäftliches ging - wollte er gleich die richtigen Akzente setzen. Und nicht zuletzt wollte er sehen, wie Krämer sich den Restaurant am Anfang der Mole, nähern würde.

Von weitem wirkte er wie immer. Ein sehr gepflegter, mittelgroßer Endvierziger, dem man anmerkte, daß er auf seine schlanke Figur achtete - und auch stolz darauf war. Weitere Aspekte seiner soignierten Erscheinung: graumelierte Schläfen seiner vollen dunklen Haare, eine offensichtlich stets gepflegte Bräune im Gesicht, elegant, lässige Kleidung, den Cashmere-Pulli bei den abendlichen Temperaturen locker um die Schultern geschlungen. Kurzum: Etwas zu glatt gebürstet und gepflegt, daß ihn - nach Blaus unmaßgeblich persönlicher Einschätzung, der seine mittelblonden Haare selbst in der Fasson "Vom Winde verweht" trug - wirklich interessante Frauen wirklich interessant finden konnten.

In der Tat: Krämer hatte, näher gekommen, das Aufgesetzt-Lässige, das er sonst pflegte, abgelegt. Er wirkte konzentriert-nervös und nach einem etwas fahrigen Wie-geht´s-denn-immer-alter-Freund-Geplänkel kam er sofort zur Sache.

”Bei uns ist eingebrochen worden. Während wir in Deutschland waren.”

"Seit wann seid Ihr denn zurück?"

"Seit gestern abend."

"Und: tut's weh?"

"Ja und nein. Sie haben eigentlich kaum etwas angerührt. Nur unsere komplette Gallé-Sammlung ist weg."

"Und die war wertvoll?"

"Das kann man wohl sagen!"

Blau ließ sich kurz darüber aus, daß es doch wohl das Schlimmste bei einem Einbruch sei, wenn Polster zerschnitten, Schreibtische aufgebrochen oder Kleidung durchwühlt worden seien, weil man sich dann persönlich angegriffen fühle. Aber Krämer hörte ihm nur halb zu. Er schien eine solche Erfahrung noch nicht gemacht zu haben. Und diesmal war sie ihm, was er offensichtlich überhaupt nicht zu schätzen wußte, auch erspart geblieben.

"Du mußt mir helfen. Ich will meine gläsernen Schätze koste es, was es wolle, wiederhaben."

"Warum gehst Du nicht zur Guardia?"

"Das kannst Du Dir doch denken."

Natürlich wußte Blau, was er meinte: unangehme Fragen. Von wem und wann er was gekauft hatte. Und vor allem von welchem Geld. Kurzum das, was man vornehm mit "die Steuerproblematik" umschreibt, weniger vornehm doch treffend "Schwarzgeld" nennt - und dessen ebenso notizenarme Verwendung.

"Wieviel hast Du denn in Deine Sammlung gesteckt?"

"Rund 500.000 Euro."

Blau fand es an der Zeit, einen Blick in die Karte zu werfen, die er ohnehin fast auswendig kannte, und bei dieser Gelegenheit gedanklich die Höhe seines Honorars festzulegen.

Nachdem beide ihr Menü geordert hatten, sagte Blau kurz: "Also gut: 50.000 Euro."

"So viel?"

"Wenn Du handeln willst, mußt Du Dir einen anderen suchen."

Krämer signalisierte, leicht die Luft einziehend, sein Einverständnis.

"Die erste Rate Auftragserteilung, also jetzt. Die zweite nach erfolgreichem Abschluß der Angelegenheit."

"Und was ist, wenn Du keinen Erfolg hast?"

"Dann haben wir beide Pech gehabt. Du, weil Du neben Deiner kostbaren Gallé-Sammlung noch weitere 25.000 Euro los bist. Und ich, weil ich die zweiten 25.000 Euro in den Wind schreiben kann."

Krämer war heute wohl nicht der richtige Partner für Blaus ganz persönlichen, gelegentlich ironisch-beißenden Charme. So fügte er begütigend hinzu: "Also, wenn ich schon mal etwas mache, dann entwickle ich meist auch einen gewissen Ehrgeiz."

"Spesen extra?"

"Die sind mit drin. Es sei denn, ich müßte etwas rumfliegen. Dann würde ich Dich vorher informieren. Aber das glaube ich eigentlich nicht. Ich denke, Deine Sammlung ist noch auf Mallorca. Und da bleibt sie auch."

"Wieso?"

"Weiß nicht. So ein Gefühl."

Krämer schrieb einen Scheck über 25.000 Euro aus. Und gewann danach auch wieder seine Souveränität.

"Was mich im Moment besonders mitnimmt: Edith ist natürlich ziemlich down. Sie hat Angst, daß die wiederkommen."

"Haben sie eigentlich Euren Tresor gefunden?"

"Nein, das ist auch so eigenartig. Sie haben offensichtlich gar nicht danach gesucht. Kein Bild verrückt. Nichts."

"Dann werden sie auch nicht wiederkommen."

"Was macht Dich so sicher?"

"Die Einbrecher sind offensichtlich sehr gezielt vorgegangen. Und das, was sie von Dir oder Euch wollten, haben sie bekommen."

"Das denke ich eigentlich auch. Aber es wäre gut, wenn Du es Edith auch sagen würdest. Für sie bist Du in dieser Situation ein Experte - und außerdem hast Du, wie Du weißt, bei ihr - wahrscheinlich wegen Deiner schönen blauen Augen - einen Stein im Brett."

"Gut, dann wäre es doch das Beste, wenn sie vielleicht noch zu uns stößt."

Klaus Krämer hatte sich das offensichtlich auch schon vorher überlegt und rief seine Frau über Handy an: "Darling, Mike kümmert sich um unsere Sache. Wir sitzen hier so gemütlich im Lubina. Willst Du nicht dazu kommen?"

Edith aß, als sie eintraf, wie üblich nur einen Salat. Und so paßte es zu ihrer Menüfolge, daß sich Krämer als dritten Gang eine Käseplatte bestellte und Blau einen *flan caramel* orderte.

Blau erfüllte all die Pflichten, die er nun übernommen hatte: Er beruhigte Edith. Er erkundigte sich, wie die ohnehin etwas zu sparsam geratene Alarmanlage ausgeschaltet worden war. Er nahm die Fotos von den Gallé-Objekten an sich, die Krämer samt Umschlag bereits mitgebracht hatte. Und er beglich die Rechnung.

# Kapitel 3

Blau genoß die ruhige, heitere Gelassenheit, die Sa Portella am späten Vormittag ausstrahlte. Er war gern in diesem ältesten Viertel von Palma. Und froh über einen Anlaß, es aufzusuchen.

Léon Levêque hatte sich in dieser pittoresken Umgebung prächtig eingelebt. Eigentlich ein *Pied Noir*, der sich von Charles de Gaulle und seinem berühmten Satz "Ich habe Euch verstanden" später verraten fühlte, hatte er sich, nachdem ihm die erste Heimat Algerien abhanden gekommen war und er sich von Frankreich im Stich gelassen sah, auf seine katalanische Abstammung besonnen und auf Mallorca seine neue, alte Heimat gefunden.

Aus der verratenen Liebe hatte er ein Geschäft gemacht: Schmuck von Cartier und Fabergé, Silber von Christofle, Limoges-Porzellan, Glas von Lalique und gelegentlich auch ein Stück von Gallé gehörten zu seinen Spezialitäten. Anspruchsvolle und entsprechend situierte Kunden gab es auf der Insel inzwischen genug. Und Blau, der schon für manche, die sich aus Deutschland kommend auf Mallorca niedergelassen hatten, den Türöffner gemacht hatte, hatte nicht wenige Damen auf sein Geschäft hingewiesen und zu Levêques stetig wachsendem Kundenstamm beigetragen.

Blau hatte sich telefonisch angekündigt. In Levêques an das Geschäft angrenzendem Arbeitszimmer wurde Blau schnell konkret: ”Bei den Krämers, guten Bekannten von mir, ist eingebrochen worden. Die Diebe hatten es explizit auf die Gallé-Sammlung abgesehen und sonst absolut nichts angerührt."

”Wann?”

”Schwer zu sagen. Sie waren zwei Wochen in Deutschland. Wahrscheinlich innerhalb der letzten Woche. Hast Du irgendetwas gehört?”

Blau spürte, wie es in dem sonst so ruhig wirkenden Levêque arbeitete. Der kleine Mann mit dem schütteren Haar und der komischen runden Nickelbrille, die er ebenso umständlich auf- wie abzusetzen pflegte, strahlte ohnehin die Melancholie eines Sees in vulkanischer Landschaft aus: an der Oberfläche spiegelglatt, ruhig und dunkel; tief drinnen, das ahnte man schnell, zu eruptiven Ausbrüchen fähig. Einen solchen unterdrückte er nur mühsam.

”Nein. Und ich wüßte auch nicht, warum ich irgendetwas hören sollte.”

Blau wurde wieder bewußt, wie nachhaltig das Trauma, die Heimat verloren zu haben, Levêque verunsichert hatte. ”Natürlich meinte ich nicht, daß irgendjemand auf die Idee kommen könnte, Dich als Hehler in Erwägung zu ziehen. Aber Du könntest doch etwas in der Szene der Antiquitätenhändler gehört haben.”

”Ich habe aber nichts gehört.”

"Das paßt zu meinem Eindruck, daß es sich offensichtlich nicht um gewöhnliche Einbrecher handelt. Vielleicht werden die Stücke auch gar nicht auf den Markt kommen."

Und nach einer Pause: "Würdest Du mir einen Gefallen tun? Könntest Du in Deiner Kartei einmal nachschauen, wer Gallé sammelt oder regelmäßig kauft?"

"Du solltest wissen, daß das für mich etwas ungewöhnlich ist."

"Und Du solltest wissen oder Dir vorstellen können, daß ich mit solch intimen Informationen umgehen kann."

Eine Pause entstand, und es war deutlich, daß Blau sie nicht beenden würde. Daß er Levêque die Zeit lassen würde, abzuwägen, ob er Blau nachhaltig verärgern oder ihn samt seinen Kontakten als Freund des Geschäfts und guten Bekannten erhalten wollte. Zumal er ihn das erste Mal um einen richtigen Gefallen bat.

Das Ergebnis fiel wie erhofft aus. "Gut, ich werde nachschauen. Kannst Du gegen 16 Uhr wieder vorbeikommen? Dann habe ich alles parat."

"Gern. Danke."

"Vielleicht schaust Du derweil mal bei Guiterrez vorbei. Der hört doch in der Szene die Flöhe husten."

"Hatte ich ohnehin vor. Aber später."

Zuvor aber widmete sich Blau in einem kleinen

Restaurant in der Nähe, das er noch nicht kannte und von dem ihm seine Nase sagte, daß es gut sein könnte, einem ausgiebigen Mittagessen und der Lektüre der Zeitungen. Und er ließ seine Gedanken schweifen. Natürlich landeten die auch bei den vier Männern vom Nebentisch in der Bar Bosch, eine Assoziation, die am Abend vorher, bei dem Essen mit den Krämers, auch aufgeblitzt war. Das war eine Möglichkeit. Und wenn es einen Zusammenhang gab - wie sah der aus? Das Wichtigste war, daß Krämer seine heissgeliebte Gallé-Sammlung zurückbekam.

Das wollte, das würde er, Michael Blau, nicht aus dem Auge verlieren.

# Kapitel 4

Léon Levêque hatte sich offensichtlich entschlossen, wenn schon, wirklich hilfreich zu sein. Als sie kurz nach 16 Uhr wieder in seinem Arbeitszimmer zusammen saßen, schob er Blau der Reihe nach vier Karteikärtchen über den Tisch: "Abschreiben mußt Du sie schon selber. Das verstehst Du."

Blau verstand und notierte sich auf dem kleinen Notizzettelblöckchen, das er stets mit sich führte, die Namen, Adressen und Telefonnummern, jeweils auf gesonderten einem Blatt.

"Mrs. Fiona Andrews ist, glaube ich, relativ neu auf Mallorca. Sie stand vor kurzem in meinem Geschäft und hat ein Stück von Gallé, das ich gerade bekommen hatte und das sie offensichtlich mit sicherem Blick zwischen anderen alten Gläsern erkannt hatte, erworben."

„Sind Gallés schwer zu erkennen?"

„So schwer nicht. Aber es gehört schon eine gewisse Kennerschaft dazu. Aber vor allem sind sie selten auf dem Markt. Und wenn, dann kommen sie eigentlich immer in Paris und London unter den Hammer."

„Und wie kommst Du daran?"

„Unterschiedlich. Aber immer legal."

„Klar doch. Und wie?"

„Manchmal bringt jemand etwas aus einer Erbschaft vorbei. Manchmal hat ein befreundeter Antiquitätenhändler in Paris eine Doublette für mich übrig. Wie es eben so kommt."

„Und wie war es mit Mrs. Andrews?"

„Sie erzählte mir, nachdem sie das Stück erworben hatte, daß sie Gallé sammle und es sehr liebenswürdig von mir wäre, wenn ich sie anrufen würde, sobald etwas rein kommt."

„Und so kamst Du zu ihrer Visitenkarte."

„Genau."

„Und: Hast Du sie inzwischen angerufen?"

„Nein. Zum einen habe ich noch nichts Neues bekommen. Und zum anderen, muß ich dann auch abwägen, ob ich das Stück nicht erst einem meiner alten Kunden anbiete."

„Gut. Kommen wir also zur Nummer zwei." Blau las von seinem Blöckchen ab: Alexander Schmitz?

„Alexander Schmitz", Levêques Ton wurde allmählich zutraulicher, und er konnte offensichtlich auch der Versuchung nicht widerstehen, Blau einen Eindruck davon zu vermitteln, wie geschickt er sein Geschäft führte. „Herr Schmitz kauft immer alles, was von Gallé rein kommt. Aber er handelt immer - und immer geradezu unangenehm. Deshalb ist er der Letzte, den ich anrufen würde. Und manchmal lasse ich ein Stück auch ein wenig länger im Laden stehen - bevor ich mich mit dem Herrn Schmitz auseinandersetze."

„Also alles andere als ein besonders angenehmer Zeitgenosse."

„Zumindest gibt er sich alle Mühe, diesen Eindruck zu vermitteln."

„Weißt Du zufällig, was er beruflich macht oder gemacht hat?"

„Er war Generalvertreter einer großen Versicherung in Köln."

„Die anderen sind angenehmer?"

„Zumindest feilschen sie nicht wie Kesselflicker auf dem Bazar."

Blau las zum Zeichen seines Fleißes und zur Kontrolle, dass er Levêques Handschrift richtig entziffert hatte, weiter vor: „Pierre du Monteuil."

„Er kauft immer wieder - aber nicht alles."

„Nach welchen Kriterien kauft er denn?"

„Das habe ich bis jetzt noch nicht herausgefunden. Als ich ihn einmal danach gefragt habe, hat er nur - ich hatte das Gefühl - ausweichend gesagt: 'Ich kaufe halt das, was mir gefällt'."

„Vielleicht ist es ja einfach so."

„Kann sein" murmelte Levêque, der in diesem Moment selbst darüber verärgert schien, daß er nicht einschätzen konnte, a) nach welchen Kriterien ein Kunde von ihm kaufte und b) es auch nicht für opportun hielt, ihn einzuweihen.

„Und was macht er sonst so?"

„Nach seinem Akzent ist er ein Belgier. Er lebt aber schon seit einigen Jahren hier."

„Und sonst?"

„Ich habe einmal gehört, daß er vorher in Brüssel Europalobbyist eines großen amerikanischen Pharma-Konzerns war. Hier benutzt er nur seine private Karte. Wie Du wahrscheinlich registriert hast, ist er von Adel."

„Bleibt noch Josef Neumann." Blau blickte wieder auf seinen Zettel, um Levêque und sich selbst zu überzeugen, daß er sich ernsthaft mit dem Thema beschäftigte.

„Er lebt schon ziemlich lange hier und ist als Schwimmbad-Architekt ganz erfolgreich. Eigentlich müßtest Du von ihm doch schon mal gehört haben."

Blau dämmerte etwas: „Ist er nicht Österreicher, ich glaube, er kommt direkt aus Wien?"

„Genau."

„Und wie ist er als Kunde?"

„Er schaut sich alle Gallé-Stücke genau an, kauft selten und handelt nie."

„Weißt Du, nach welchen Kriterien er kauft?"

„Nein, er hat es mir nicht gesagt, und ich habe ihn auch nicht danach gefragt."

„Über all die Jahre hin?"

„Wenn Du ihn persönlich näher kennen

würdest, würdest Du die Frage gar nicht stellen. Ich möchte es mal so ausdrücken: Er ist ein etwas sehr eigenartiger Mann."

„Wieso?"

„Woher soll ich denn das wissen? Bin ich denn Seelenklempner?"

„Ich meine: inwiefern?"

„Nun, er ist sicher ein sehr penibler, äusserst qualitätsbewußter Ingenieur. Aber er ist zugleich auch ein unzugänglich schroffer Mann. Eine für Mallorca eher ungewöhnliche Mischung."

„Das erklärt, warum ich ihn nicht näher kenne." Blau begann zu überlegen, ob er der Aussicht, den Herrn Ingenieur Josef Neumann wahrscheinlich näher kennenlernen zu sollen, etwas Reizvolles abgewinnen könnte.

Aber er schob den Gedanken erst mal beiseite: „Sind das wirklich alle, die Du hier als Gallé-Sammler kennengelernt hast?"

„Nein, es gibt noch einen Japaner, der sehr unregelmäßig vorbei kommt und nach Gallé fragt. Aber von ihm habe ich weder eine Karte noch eine Adresse. Als ich ihn einmal fragend mit Mister? ansprach, sagte er: Sato."

„Also: der geheimnisvolle Unbekannte?"

„Wenn Du so willst: ja", lachte Léon Levêque.

„Rufst Du mich an, wenn er wieder einmal bei Dir auftaucht?"

„Gern. Und Blau kommt dann mit Blaulicht?"

Levêque entwickelte plötzlich ein unverhohlenes Vergnügen an Blaus neuer Aufgabe.

„Mir wird schon etwas einfallen“, knurrte Blau, beruhigte sich schnell aber wieder bei dem Gedanken, daß auch Antiques Levêque, wie alle besseren Geschäfte in Palma, zwischen 13 und 17 Uhr geschlossen war und er höchstpersönlich, wie gewohnt, sein Handy über Mittag ausgeschaltet lassen konnte.

Als er sich erhob, um sich zu verabschieden, fiel ihm allerdings noch eine Frage ein: „Hat eigentlich ein Klaus Krämer sich bei Dir je nach Gallé erkundigt?“

„Nein. Nie.“

Blau bedankte sich und fand es an der Zeit, die nächste Bar aufzusuchen. Bei einem *chupito* sortierte er alles und kam zu dem sehr angenehmen Schluß: Er mußte unbedingt Barbara treffen.

# Kapitel 5

Barbara war seine gute, wenn er darüber nachdachte, seine beste Freundin.

Sie hatten vor einigen Jahren eine heiße, fast ein Jahr lang dauernde Affäre gehabt. Als sie sich dann zurückzuziehen begann, hatte Blau, stolz und sensibel wie er war, entsprechend elegant reagiert. Und, ohne daß sie viel Worte darum machen mußten, war aus ihrer Beziehung eine wirklich wunderbare Freundschaft geworden.

Wenn Blau heute darüber nachdachte, warum sie nicht den Versuch gemacht hatte, ihn dauerhaft an sich zu binden, so gab er sich inzwischen selbst die Antwort: Er erschien ihr, die ohnehin ein paar Jahre älter war, wohl als zu unreif, zu unklar in dem, was er im Leben wirklich wollte.

Und außerdem: Er war kein Mann für eine Frau. Jedenfalls nicht in dieser Phase seines Lebens.

Barbara Unger war eine Schlüsselfigur im Society-Betrieb von Mallorca. Sie kannte die Leute, die innerhalb der ausländischen *community* der Insel gesellschaftlich mitspielten oder gern mitspielen wollten. Ihre Einladungen, vor allem zu den kleinen gesetzten Essen, waren begehrt.

Dabei war sie alles andere als ein Schicki-Micki-Typ. Sie fand das Leben einfach zu kurz, um es nicht zu genießen. Und ihr ererbtes Vermögen, das sie offensichtlich klug verwaltete, gab ihr die Möglichkeit, dem Leben viele angenehme Seiten abzugewinnen und andere an ihrer Lebensfreude teilhaben zu lassen.

Als sie - im wahrsten Sinne des Wortes: eine strahlende Schönheit - im Restaurant von Koldo Royo wie üblich mit einer höflichen Verspätung von nur sieben Minuten auftauchte, belebte ihre gute Laune gleich den ganzen Raum.

"Was verschafft mir die Ehre Deiner Einladung, *cherie?*"

"Ich hatte einfach Sehnsucht, Dich wieder zu sehen." Und während er das sagte und sie so anschaute, spürte Blau: Das war die Wahrheit.

"Michael Blau, ganz der alte Charmeur. Unser nächstes Essen wäre doch eigentlich erst in etwa sechs Wochen fällig gewesen. Also, was gibt's?"

"Kennst Du Fiona Andrews?"

"Ein wenig."

"Könntest Du mich mit ihr bekannt machen?"

"Da hast Du ja mal wieder Glück! Es trifft sich, dass Sie übermorgen abend zu einem kleinen Essen zu mir kommt." Und nach kurzem Nachdenken: "Ich werde noch eine alte Freundin, die gestern wieder auf Mallorca eingetroffen ist, dazu bitten. Das ist zwar etwas kurzfristig, aber andererseits auch eine nette Willkommensgeste."

Und mit dem etwas spöttischen Lächeln, das ihr so gut stand und das er so an ihr mochte, fügte sie hinzu: "Für Dich ist die Einladung doch nicht zu kurzfristig? Ich mache Dich auch zum Tischherrn von Fiona Andrews."

Das Essen im Koldo Royo war wie immer deliziös, der Service aufmerksam und ihr Gespräch entwickelte schnell den gewohnten Witz und eine heitere Vertrautheit.

Barbara Unger selbst wußte bisher auch nicht viel über Fiona Andrews: Sie lebte augenscheinlich allein. Es war nicht ganz klar, ob ihr Mann gestorben war oder sie sich hatte scheiden lassen. Offensichtlich hatte sie - wie ihr ganzes Auftreten vermuten ließ - aber schon vor ihrer Ehe selbst Geld gehabt. Barbara hatte sie zweimal auf Parties getroffen, sie interessant gefunden und deshalb zum Dinner eingeladen.

"Sie gibt sich eher zurückhaltend, scheint aber in Maßen mitspielen zu wollen. Ich habe den Eindruck: Sie könnte eine Bereicherung sein. Jedenfalls bin ich neugierig darauf, mehr über sie zu erfahren - und jetzt auch darauf, wie Du auf sie reagierst."

"Wie sieht sie denn aus?"

"Ich glaube, sie könnte Dir gefallen."

Und Blau beschlich das angenehm-unangenehme Gefühl, die Affaire um die gestohlenen Werke von Emile Gallé könnte vielleicht doch etwas komplizierter werden.

Warum Blau Fiona Andrews eigentlich kennenlernen wollte, fragte Barbara Unger mit keinem Wort. Denn sie wußte: Er würde es ihr zu gegebener Zeit schon erzählen.

# Kapitel 6

Blau beschloß nachzudenken. Intensiv.

Dazu brauchte er: ein gutes Essen, seine Ruhe und ein heiteres mallorquinisches Ambiente.

Also ließ er sein altes Porsche-Cabrio, einen immer noch rüstigröhrenden 356er, den er schon auf die Insel mitgebracht hatte -- ein bißchen fühlte er sich heute wie ein Cowboy, der es seinem Pferd überläßt, den richtigen Weg zu finden - die Route nach Manacor, ins "La Reserva Rotana", nehmen. Umgeben von Natur, Natur und nochmals Natur, bot dieses noble *hide-away* neben den überaus angenehmen Annehmlichkeiten exquisiten Komforts und einer erlesenen Küche, begleitet von einem ebenso selektierten Weinkeller, alles, was er brauchte, um in Ruhe seine Gedanken schweifen, sich versammeln und dann präzise auf den Punkt kommen zu lassen.

Eigentlich brauchte er dafür nur die Zeit bis zum perfekt zartrosa gebratenen Milchlammrücken in Kräuter-Olivenkruste, den er bei einem Glas Torrent Negre von Miquel Gelabert genoss. Aber, um sich zu vergewissern, bestellte er auch noch das Dessert und klopfte erst danach - genau: zwischen Feigencarpaccio mit Pistazienparfait und *cafe solo* und einem Glas Lepanto -

seine Überlegungen gedanklich fest.

Das Fazit: In der Affaire Gallé spielte offensichtlich ganz Mallorca mit. Na, vielleicht doch nicht ganz, sicher aber der von auf der Insel lebenden Ausländern beeinflusste und damit inzwischen für die Insel essentielle Teil.

Da waren zunächst einmal die Krämers. Sie hatten offensichtlich das Gefühl - und vermittelten, schon in der Art, wie sie von der Insel sprachen, gern den Eindruck -, sich auf Mallorca zuhause zu fühlen. Aber sie wollten oder mußten ihr Geld noch in Deutschland verdienen.

Dann der Herr Neumann. Er lebte auf Mallorca und verdiente hier auch sein Geld. Wieweit sich ein echter Wiener wirklich auf Mallorca heimisch fühlen konnte, war eine andere Frage.

Dann die Pensionäre. Zunächst der Herr Schmitz. Da er sein Leben offensichtlich etwas vordergründig dem Grundsatz gewidmet hatte, jeweils *the best value for money* bekommen zu wollen, hatte er geradezu nach Mallorca ziehen müssen. Denn hier gab es eindeutig mehr und ergiebigere Sonnentage als in Köln. Und da strahlende Sonne, wie der Ex-Hamburger Blau nur zu gut wußte, in Deutschland einen besonders hohen Stellenwert hat, war Mallorca mit seinen guten Verkehrsverbindungen - und zudem der Möglichkeit, eigentlich überall mit Deutsch durchkommen zu können - einfach das Ideale.

Anders, sehr wahrscheinlich, die Motivlage bei Pierre de Monteuil. Vielleicht war er einfach nur ein Kenner. Nicht nur bei Gallé. Jedenfalls war er Blau auf die Entfernung gleich sympathisch. Aber das würde ihn natürlich nicht daran hindern, den Monsieur genauer unter die Lupe zu nehmen.

Und Fiona Andrews? Zunächst war sie einmal eine Frau. Und da waren die Motive ohnehin komplizierter - oder einfacher. Nach dem Dinner bei Barbara würde er mehr wissen.

Und das fiel ihm nun doch auf: Es waren verdammt wenige Frauen im Spiel. Das machte die Dinge vielleicht etwas einfacher, aber im Zweifel weniger amüsant.

Doch erstens konnte sich das vielleicht noch ändern, und zweitens begann er erstmal mit dem angenehmen Teil der Untersuchung. Blau erwischte sich dabei, daß er sich schon auf Barbara und Fiona Andrews freute.

Und der Japaner? Vielleicht ein Vertreter einer weiteren typischen Kategorie der Mallorca-Besucher: Kurz-Besucher. Jemand, der sich nur für wenige Tage von seinem *business* frei machen konnte und in dieser Zeit soviel wie möglich von den Schönheiten, die Mallorca bot, in jeder Beziehung mitnehmen wollte. Oder war er der wirkliche Drahtzieher im Hintergrund? Aber mit diesem Gedankenblitz hatte Blau so seine Probleme: Denn so nah an Japan lag Mallorca nun mal wirklich nicht.

Welcher Bube fehlte im Blatt? Natürlich ein Mallorquiner, der beides hatte: ein offenes Ohr in die Insel und ein ebenso offenes Ohr in die ziemlich verstreute Gemeinde der Voll-, Halb- und Viertel-Residenten. Kurzum: Ramón Guiterrez. Léon Levêque zählte in diesem Zusammenhang nicht. Er war und blieb ein Outsider. Allerdings einer, dessen natürlich geschärften Blick für seine Umgebung man sich zunutze machen konnte.

„Hola, hier ist Mike Blau. Ramón, es gibt einen Grund, warum ich Dich gern besuchen würde. Wann hättest Du Zeit für mich?"

„Wenn Du mich schon über Handy anrufst, hast Du es ja wohl eilig."

„Stimmt."

„Wann könntest Du bei mir sein?"

„In einer Stunde."

„D'accord."

Blau liebte solche Art von Verabredungen - ohne ein Wort zuviel - und Menschen, mit denen man solche Verabredungen treffen konnte.

Es war schon eine Art Freundschaft. Sie mochten sich - und mehr noch: sie nützten sich. Aber auch, wenn sie sich nicht genützt hätten, hätten sie sich auch gemocht. Das war sicher.

Ramón Guiterrez war der größte Einrichter Mallorcas für Leute von Geschmack - und das bedeutete meistens auch von Geld. Er verkaufte typisch mallorquinische Möbel, typisch mallorquinische Stoffe, typisch mallorquinisches Geschirr, vermittelte gelegentlich auch mal einen typisch mallorquinischen Miró - und all das am liebsten an Ausländer, weil die sich meist vollständig neu einrichten mußten und sich gern an seinen sicheren Geschmack anlehnten.

Blau brachte nicht wenige von ihnen, die er auf irgendwelchen Parties kennengelernt hatte, zu Guiterrez. Ohne Prozente, ohne irgendeine Gegenleistung - außer der, daß Kunden, die Blau empfohlen hatte, besonders zuvorkommend behandelt wurden.

Gelegentlich fragte sich Blau, warum er das eigentlich tat. Die Antwort waren mehrere Antworten: Kleingeld mochte er nicht, brauchte er nicht - also keine Prozente. Andererseits: Er war nun mal derjenige in der deutschen Szene, der am besten Spanisch sprach, und der am meisten darüber wußte, wie was auf der die Insel lief - oder auch nicht, weil er sich am meisten darauf eingelassen hatte, weil er auf eine passive Art unendlich neugierig war, weil er eigentlich recht hilfsbereit war, weil er gern ein Outsider war, der Insider-Kenntnisse hatte - und weil er sonst nichts Aufregendes zu tun hatte. Und irgendeine Rolle mußte man im Leben ja spielen.

Also spielte er auf Mallorca die Rolle des Heiratsvermittlers zwischen der Insel und den Vollziehungswilligen. Ohne Garantie auf Glück selbstverständlich. Aber was Blau betraf: mit Charme, Esprit, gelegentlich einer Spur Ironie - und vielen Möglichkeiten, sich so oder so zu amüsieren. Ob er sie wahrnahm, war eine Frage der Lust - und der Laune.

Während Blau so Blau auf seinem Weg zur Altstadt von Palma vor seinem geistigen Auge

Revue passieren ließ, dachte er beim Einparken vor Guiterrez' Geschäft: vielleicht doch eine Portion zuviel *Raisonnement* für eine so einfache Frage.

„Hast Du irgendetwas gehört?"

„Was soll ich gehört haben?"

„Daß bei Deinen Kunden eingebrochen worden ist. Also, natürlich nur bei einigen."

„Und wie kommst Du darauf?"

„Weil bei guten Bekannten von mir gezielt eine Sammlung gestohlen worden ist, und ich mir vorstellen könnte, daß vielleicht anderen ähnliches passiert ist."

„Das ist interessant. Ich habe gerade heute zwei Anrufe von Kunden bekommen, die sehr wertvolle Gemälde besitzen und mich dringend sprechen möchten."

„Mirós?"

„Mein Lieber, ich fürchte, Du unterschätzt mich etwas. Ich vermittle nicht nur Mirós."

„Gut, wann weißt Du mehr?"

„In drei Tagen. Magst Du mehr über Deinen guten Bekannten sagen?"

„Er besitzt - oder besser: besaß eine Gallé-Sammlung, die gezielt gestohlen worden ist. Denn sonst wurde nichts angerührt. Ich habe den Verdacht, daß hier ganz systematisch bestimmte Kunstwerke geraubt wurden. Aber da noch keiner die Polizei eingeschaltet hat - in der Zeitung stand jedenfalls nichts - werden wir uns wohl gedulden müssen, bis Du vielleicht mehr weißt."

„Sieht so aus. Ich werde die Ohren jetzt besonders offen halten und, sobald ich etwas höre, ruf ich Dich an."

„Und was machen wir jetzt?", hörte sich Blau fragen, dem plötzlich die Dynamik abhanden gekommen war.

„Wir gehen ins Cappuccino und klatschen alle durch. Aber", fügte Guiterrez hinzu, während er seinen Angestellten Zeichen gab, daß er für diesen Tag nicht mehr ins Geschäft kommen werde, "wir müssen natürlich aufpassen, daß derjenige nicht gerade hinter uns steht."

# Kapitel 7

Die "Villa Sanssouci" war so ganz sie. Barbara hatte das herrlich gelegene Haus nach und nach und mit beträchtlicher Ausdauer, wie Blau über die Jahre bewundernd beobachtet hatte, in einen Spiegel ihrer selbst verwandelt: großzügig, aber nicht protzig; klassisch-ruhig in mediterran-heiteren Farben, mit bewußt gesetzten temperamentvollen Kontrapunkten. Ausgesuchte antike Einzelstücke korrespondierten - manchmal sehr indirekt - mit aufregend modernen Bildern. Und vor allem: Blumen. Sie waren in immer wieder überraschenden Arrangements ein wesentlicher Teil dieser sehr privaten Veranstaltung, einen schönen Rahmen für schöne Tage zu schaffen. Und Freunde oder Gäste waren bei dieser heiteren, dabei sehr disziplinierten Inszenierung, das Leben zu einem Fest zu machen, stets willkommen.

So hätte Blau es ausgedrückt, der seine beste Freundin nicht nur gut kannte, sondern auch gern seiner Neigung zum "Philosophieren" nachgab. Die meisten empfanden es simpler: Sie fühlten sich einfach auf Anhieb wohl.

Offensichtlich auch Fiona Andrews. Sie absolvierte den *small talk*, während man mit einem Drink in der Hand auf das Eintreffen aller Gäste wartete, mit der geradezu profihaften Leichtigkeit der Bewohner der Britischen Inseln. Barbara hatte es diesmal unauffällig-bestimmt so arrangiert, daß dieses *get together* im Stehen stattfand - weil es einige "Neue" gab und weil sie energisch, doch charmant etwas dagegen tun wollte, daß einige Deutsche, wie gewohnt, zusammengluckten.

Fiona war bei dieser Übung sehr hilfreich. Natürlich hatte Barbara, ganz die Gastgeberin mit Format, Blau gleich mit ihr bekannt gemacht: "Michael Blau, ein guter, alter Freund von mir. Und ein sehr charmanter Unterhalter. Deshalb habe ich ihn als Tischherrn für Sie auserkoren. Ziemlich gut Englisch parliert er auch." Mit einem kühl-fröhlichen "Freut mich, Sie kennenzulernen. Dann werden wir uns ja noch ausführlich unterhalten" war sie mit Barbara - glaubte Blau einen Anflug ihres ironischen Lächelns auf ihren Lippen wahrgenommen zu haben? - gleich weiter gewandert und hatte sich mit den anderen Gästen bekannt machen lassen.

Und nun zeigte sie, wie man im Vereinigten Königreich einen Corso dreht. Jeweils knapp zehn Minuten mit jeder der beiden Grüppchen, die sich gebildet hatten, plaudernd, zog sie ihre Bahn. Blau hielt sich derweil an seinem Drink und an Alexander Gutberlet, wie er, ein sturmerprobter Single, fest.

Doch je länger sie ihn demonstrativ-freundlich schmoren ließ, um so sicherer wurde er: Seine Chancen, sie wirklich näher kennenzulernen, standen nicht schlecht.

Er nutzte die Zeit, sie etwas präziser einzuschätzen, einzuordnen: Brünett, mit einem Stich ins Rothaarige; kühl-kontrolliert; doch es war ihr offensichtlich bewußt, daß sie viel zu kontrollieren hatte. Und Blau wußte das auch. Das sah er sofort. Ansonsten: betont selbstsicheres Auftreten, vom Typ her wahrscheinlich leicht intellektuell angehaucht. Kurzum: eine Frau, der man erst mal eine halbwegs intelligente Konversation bieten mußte. Wahrscheinlich war sie knapp zwei Jahre älter als er - und, wie bekannt, allein.

Das hatte Blau an den Angehörigen der englischen Oberschicht, die er kennengelernt hatte, immer fasziniert: mit welchem Tempo sie in den ersten sieben, acht Minuten eines Gesprächs mit einem noch Unbekannten klärten, wer wie gesellschaftlich stand. Und wehe, jemand versuchte hochzustapeln. Dann war er spätestens bei der dritten Nachfrage, ob er denn zu der Zeit nicht den oder den eigenen alten Bekannten getroffen habe, erwischt - und erledigt.

Zuerst hatte er dieses fast indiskrete Setzen der Steine, wer man selbst ist, und das Herausfinden, welchen Background der andere hat, für unhöflich gehalten. Inzwischen fand er es ausgesprochen höflich. Denn, wenn jeder wußte, wer gesellschaftlich wie stand, half es beiden Seiten, eine Taktlosigkeit oder einen falschen Zungenschlag zu vermeiden.

Kurzum: Blau und Fiona Andrews hielten es genauso. Aber sie nahmen sich mehr Zeit. Schliesslich hatten sie das ganze Dinner vor sich. Und bei all der Routine, auch nach links oder rechts zu plaudern oder an dem gelegentlich aufflammenden allgemeinen Tischgespräch teilzunehmen, blieb doch genügend Raum, sich aufeinander zu konzentrieren.

So brachte dieser Abend einige Erkenntnisse und ein Ergebnis. Erstens die Erkenntnisse von Michael Blau über Fiona Andrews: Sie hatte einen Buchverlag geerbt, gut verkauft und war dann, wie sie es jetzt sah, während einer Kreuzfahrt auf einen Schiffsarzt hereingefallen. Der hatte seine Gewohnheit, Damen zu charmieren, auch, nachdem er mit seiner Heirat mit Fiona Andrews eigentlich am Ziel seiner Wünsche war, partout nicht ablegen wollen. Als sie endlich die Nase von den Eskapaden ihres Gatten voll hatte, hatte sie vor vier Monaten auf Mallorca einen hübschen Besitz erworben und gedachte, sich mit weiter engen *connections* nach London auf der Insel ein neues Leben einzurichten.

Zweitens die Erkenntnisse von Fiona Andrews über Michael Blau: Er war vor sieben Jahren - damals zählte er zarte 31 Jahre - nach Mallorca gekommen. Seine Mutter war Miterbin einer traditionsreichen Hamburger Reederei, die vor allem auf das Südamerika-Geschäft spezialisiert war. So hatte man den Jungen nach dem Abitur mit zwanzig Jahren nach Barcelona geschickt, wo er bei einem Handelspartner der Reederei sein fast perfektes Spanisch erlernte. Danach: ein bißchen Studium der Betriebswirtschaft an der Uni Hamburg. Da er aber mehr Zeit in Discos als in wissenschaftlichen Diskursen in Seminaren zu verbringen schien, dann der Beschluß der *family*: Der Junge (inzwischen solze einsneunzig lang) geht sofort in die Firma. Erst ehrliches Bemühen, dann die beiderseitigen Erkenntnisse: Job zu langweilig. Führungsstil zu hierarchisch. Junge zu renitent. Danach verschiedene Jobs, unter anderem bei einem Radiosender, wo er sich als wirklicher Aufklärer oder - im Fachterminus - als investigativer Journalist, ein Ausdruck, den Fiona Andrews sofort verstand, versuchte. Dann der Tod seiner Lieblingstante, die ihrem charmantesten Neffen eine etwas größer geratene Finca auf Mallorca vermachte. Seitdem auf der Insel. Einziger Job: leben.

Drittens das Ergebnis des Abends: "Ich habe Karten für das Konzert in Deià in drei Tagen. Ein alter Freund aus London, der eigentlich für zwei Wochen rüber kommen wollte, hat gerade heute nachmittag abgesagt, weil er geschäftlich doch nicht loskommen kann. Hätten Sie nicht Lust, mich zu begleiten?"

Natürlich hatte Blau Lust.

# Kapitel 8

“Bitte kommen Sie doch herein.”

Ihr Ton signalisierte eine merklich größere Nähe als noch vor drei Tagen, als sie sich verabschiedet hatten.

Blau war erfreut, aber eigentlich nicht überrascht. Das kannte er - auch von sich. Man öffnet sich für einen Menschen, der einen interessiert, beschäftigt. Und die objektive Distanz ist - gerade am Anfang - nicht mehr so wichtig.

Drei Tage lang hatten Fiona Andrews und er sich nun aufeinander eindenken können, hatten die verbalen und nonverbalen Informationen, die ihre erste Begegnung geboten hatte, auf sich einwirken lassen können. Er hatte seine Eindrücke gedanklich schon etwas sortiert. Frauen gingen da, glaubte er zu wissen, etwas weniger systematisch vor, aber dafür um so entschlossener.

Fiona Andrews war augenscheinlich zu größerer Nähe entschlossen: ”Was halten Sie von einem Glas Champagner - zur Einstimmung auf das Konzert?”

“Wunderbar.”

Diese Frau gefiel ihm wirklich. Ihre kleinen, aber bestimmten Zeichen von Annäherung, die

Freiraum schaffen sollten für Vertrautheit, waren gekonnt selbstverständlich: wie sie ihn in die Küche schleppte, wie sie ihm den Veuve Cliquot zum Öffnen in die Hand drückte, wie sie zwei Champagnerflöten aus den Schränken zauberte. Und dann:

Wie sie sich im Patio mit dem Glas in der Hand auf eine Couch drapierte und Blau nun endlich Zeit gab, sie in Ruhe zu betrachten. Ein Kostüm, geschickt gewählt, das ihre Vorzüge auf elegant unterschwellige Art zur Geltung brachte. Doch, korrigierte Blau seine Einschätzung, das war vielleicht nicht ganz der richtige Ausdruck für ihr Dekolleté, das ihn - soweit war er auch in diesem Moment Routinier - sofort auf die Idee brachte, später nur ein Programmheft für beide zu erwerben. Nach weiterem Nachdenken verwarf er diese sicher reizvolle Idee allerdings.

Doch zunächst brachte er erst einmal die erste offizielle Botschaft des Abends an: "Ich habe mir überlegt, daß wir nach dem Konzert sicher Appetit haben werden und deshalb einen Tisch im Es Raco d'es Teix reserviert."

„Dann muß das ja ein schöner Abend werden." Sie lächelte ermunternd und fast jungmädchenhaft fröhlich.

Franz Schubert war der musikalische Teil des Abends gewidmet. Blau, der dem auch von Insidern immer noch recht stiefmütterlich behandelten Festival in Deià bislang nicht allzuviel Aufmerksamkeit geschenkt hatte, war angenehm überrascht, daß man sich bei einem letztlich für die Touristen bestimmten Festival traute, für einen ganzen Abend ausschliesslich auf einen Komponisten zu setzen.

Zwei Streichquartette und als legitime Absicherung das populäre Forellenquintett. Das war genau der richtige Rahmen für eine ernsthaft-grundierte, heitere Annäherung.

Blau wußte es aus drei - oder waren es vier? - ähnlichen Erfahrungen: wie überraschend schnell man einander nahe sein konnte, ohne schon für sich begründen, heißt, in Worte fassen zu können, warum.

Und nun webte Schuberts Musik den Teppich dazu, auf dem beide Platz hatten, der beide trug, und mit dem man später wahrscheinlich fliegen konnte.

Was war es? Dies Intelligent-Sensible bei Schubert, diese romantische Anverwandlung der Themen, immer wieder gebrochen und deshalb wahr. Diese bittere Süße oder heitere Anmut - und natürlich ihr Dekolleté und ihr Parfüm.

In dem sicheren Gefühl, einen tieferen Grund für ihren gegenseitigen Wunsch nach größerer Annäherung gefunden zu haben, betraten sie das die Terrasse des Es Raco d'es Teix. Und ließen es sich gut gehen.

Doch eine Aufgabe lag noch vor ihnen. Bei Barbara hatten sie ihren äußeren Status geklärt, bei Schubert definitiv gespürt, daß sie mehr voneinander wissen wollten, und nun mußten sie sich - zumindest ein wenig - mehr erklären.

Blau hielt sich zurück. Er war, während er munter parlierte, genügend damit beschäftigt, über sein Berufsethos nachzudenken: Wie konnte er, der keinen Beruf hatte, überhaupt ein Berufsethos haben? Kriminalkommissar war er nicht, Privatdetektiv auch nicht, James Bond definitiv nicht. Konnte er - Können kein Frage - oder durfte er überhaupt daran denken, mit einer der Hauptverdächtigen in seinem "Fall" zu schlafen?

Die Antwort: ein klares Ja. Berufsethische Gründe, die das zwingend ver- oder geboten (siehe oben) gab es eindeutig nicht.

Es war also eine Sache seiner ganz privaten Moral und seiner Klugheit. Und seine private Moral schrieb vor, Frauen niemals fahrlässig oder absichtlich zu verletzen. Aber die Gefahr schien nicht zu bestehen.

Fionas Verhalten signalisierte ziemlich eindeutig: Sie wollte sich - nach den Verletzungen, die sie erlitten hatte - einen rundum gelungenen Abend gönnen. Nicht mehr und nicht weniger. Und sie war offenbar froh, jemanden gefunden zu haben, der in jeder Hinsicht ihren Ansprüchen zu genügen schien. So dachte Blau.

Um so überraschender traf ihn Fionas Frage, die schon beim Hauptgericht, einer *Poulardensuprême mit schwarzem Tüffel in Salzkruste*, wissen wollte: "Was wollen Sie eigentlich mit Ihrem weiteren Leben anfangen?"

„Das ist doch wohl kein Heiratsantrag?" Blau reagierte instinktiv so jungenhaft-trotzig, wie das großzügige Frauen an ihm mochten. Und er hatte wieder einmal Glück. Fiona lachte herzerfrischend, hatte damit dem Abend und der folgenden Nacht schon ihren Platz gegeben und sagte - gewissermaßen offiziell: „Natürlich nicht. Aber, wie Sie vielleicht schon bemerkt haben, sind sie mir nicht gerade unsympathisch. Und deshalb wüßte ich gern, was Sie so vorhaben."

Blau spürte, daß sein Mund etwas trocken wurde. Und so entschied er sich für den intellektuell gefärbten und zugleich seelenvollen Angriff: „Gut, Sie mögen aus dem, was ich Ihnen bisher über mein Leben erzählt habe, schließen, daß ich etwas sehr in den Tag hineinlebe, was übrigens, wenn sie es denn erkennen würden, die meisten Menschen tun. Das wird nur dadurch überdeckt, daß sie einen Beruf haben, morgens zur Arbeit gehen und abends zurückkommen, daß sie eine Ehefrau haben, Kinder ihren Tagesablauf bestimmen und so weiter. Bei mir ist nur auffällig, dass ich all das nicht habe."

„Und?" bohrte sie weiter.

„Nun gut. Wenn Sie es unbedingt wissen wollen: Ich will vielleicht irgendwann einmal einen Roman schreiben. Aber im Moment sammle ich noch Leben."

Als sie in seinem Cabrio vor ihrer Villa vorfuhren, hatte sie die Pointe offensichtlich schon gut vorbereitet: "Als Sammler interessieren Sie sich doch sicher für Sammlungen. Ich habe eine Gallé-Sammlung. Und etwas Zeit haben Sie doch sicher noch?"

Nun, da er diese zarten, ausdrucksvollen Gedichte in Glas zum ersten Mal in solcher Zahl im Original sah, verstand Blau: Man konnte aus Besessenheit für solche Objekte der Begierde zum Verbrecher oder zum Liebhaber werden.

Blaus Entschluß stand ohnehin schon länger fest: Er wurde zum Liebhaber.

## Kapitel 9

Was gab es Schöneres, als nach einer solchen Nacht im offenen Porsche-Cabrio die Küstenstraße von Sóller nach Valdemossa entlang zu fahren, entlang zu träumen, entlang zu treiben? Den Fahrtwind mal von vorn, mal von der Seite. Das Mittelmeer, dieses meist mehr kulissenhafte, niemals beherrschende Meer als zuverlässigen Gute-Laune-Spender an der Seite.

Und während Blau die letzten Stunden - gewissermaßen im Walzertakt - vor seinem geistigen Augen vorüberziehen ließ, erinnerte er sich besonders gern an die Schluß-Szene, die ihm so gut an Fiona Andrews gefallen hatte: Sie hatte erst gar nicht versucht, ihn zum Frühstück dazubehalten.

Als sie aufwachte und sah, wie er sich, etwas unschlüssig, anzukleiden begann, gab es noch schnell einen Espresso und einen Kuss. Und er war entlassen in einen heute etwas früheren Morgen.

Als er das Tor zu seiner Finca aufschloß, angelte er sich die Zeitung aus dem Kasten und entdeckte auf der Titelseite - nach kurzem Nachdenken - einen Bekannten: den etwas farblosen Spanier vom Nebentisch in der Bar

Bosch. Offensichtlich war ihm in der Zwischenzeit auch etwas von der übertünchenden Bräune abhanden gekommen; denn die Bildunterschrift zu dem verquollenem Gesicht lautete: "Unbekannte Leiche in der Nähe von Cap Blanc am Strand angeschwemmt."

Für Blau ein zweiter Grund, sich ein ausgiebiges Frühstück mit *bacon and eggs*, Wurst, Käse und ein paar sauren Gürkchen zu gönnen. Sein Instinkt sagte ihm, daß diese Leiche mit seinem Fall zu tun hatte. Aber wie vorgehen, ohne das steuerliche Inkognito seines - ja, wie wollte er ihn nennen: Auftraggeber auf keinen Fall. Mandant oder Klient? Blau entschied sich für Klient, das klang fürsorglich - also ohne das steuerliche Inkognito seines Klienten zu verletzen?

Jemand, der sich so eine Rolle auf der Insel zurecht gelegt hatte wie er oder sich vielleicht auch hatte hineindrängen lassen, besaß natürlich seine Kontakte zur Polizei. Blau beschloß, Comandante Juan García zu treffen.

Da er wußte, daß García sich ungern während der Dienstzeit zu einem Mittagessen einladen ließ und schon gar nicht so kurzfristig, dafür gelegentlich abends, dann aber ausführlicher und gewissermaßen privat, verabredete sich Blau mit ihm auf einen *cafe* um 15 Uhr.

Seine Strategie hatte er sich inzwischen zurecht gelegt. "Weiß die Polizei schon mehr über den Mann, der heute in der Zeitung als Leiche abgebildet war?"

"Vielleicht. Warum?"

"Ich hätte da einen Hinweis."

"Wir haben natürlich so unsere Vermutungen. Aber wir sind für jeden Hinweis dankbar."

"Also, ich habe ihn vor gut zwei Wochen, genau am Dienstag vor zwei Wochen, in der Bar Bosch mit Leuten gesehen, die aussahen, sich benahmen und übrigens auch so sprachen, wie die Russische Mafia persönlich. Unmögliche Typen."

"Das könnte ins Bild passen. Wir haben zwei Anzeigen, daß wertvolle Gemälde gestohlen wurden. Und der Einstieg in die Villen erfolgte jeweils mit solcher Unverfrorenheit, daß es in dieser Form schon für uns neu ist. Das mit der Russischen Mafia könnte also stimmen."

"Es stimmt bestimmt. Ich habe die Leute selbst am Nebentisch gesehen - und gehört."

"Könnten Sie unserem Zeichner bei der Erstellung von Fahndungszeichnungen der drei 'Russen' behilflich sein?"

"Solange ich nicht zeichnen muß, gern. Aber ich bezweifle, daß Ihr die Zeichnungen herausgeben werdet. Ihr beunruhigt doch nur die Residenten und die Touristen. Und diese Typen sind sicher schon längst mit einer Yacht auf und davon. Darauf läßt doch schon der Fundort der Leiche schließen."

"Señor Blau, es ist wirklich ein Jammer, daß Sie so viel Geld haben."

"Wieso?"

"Sonst - die mallorquinische Polizei würde Sie mit offenen Armen aufnehmen."

"Whow! Ein solches Kompliment, dazu noch aus so kompetentem Mund, bekommt man selten. *Muchas gracias*."

"Und Sie haben mich natürlich gleich nach Erscheinen der Zeitung informiert, weil Sie Ihrer Bürgerpflicht gar nicht schnell genug nachkommen konnten?"

Blau genoß es immer, wenn er es mit intelligenten, sensiblen Gesprächspartnern zu tun hatte. So lächelte er nur und freute sich, das Gespräch auf die Ebene bekommen zu haben, auf der er es hatte haben wollen: "Es könnte ja sein, daß noch mehr Leute bestohlen worden sind, das aber nicht bei der Polizei angezeigt haben. Keine Anzeigen - keine Arbeit. Halten wir uns doch gegenseitig auf dem Laufenden? Und sagen Sie mir Bescheid, wenn Sie wissen, wer die Leiche ist oder war?"

"Gut. Die Fahndungszeichnungen brauchen wir trotzdem. Egal, ob wir beschließen, sie rauszugeben oder nicht. Und egal, ob Ihre Theorie richtig ist oder nicht."

Das sah auch Blau ein und verbrachte eineinhalb Stunden auf dem Polizeipräsidium. Als er es verliess und das Handy klingelte, wußte er: Es war Fiona Andrews.

"Du bist mir ein schlechter Lover, Michael... oder vielleicht auch ein besonders guter, wenn Du mich dazu bringst, Dich zuerst anzurufen. Kansst Du dich denn nicht wenigstens ein kleines bißchen benehmen wie ein echter Gentleman?"

"Ich hatte Dich schon längst anrufen wollen. Aber dauernd schwemmen sie mir hier Leichen an den Strand, um die ich mich kümmern muß. Du hast das ja vielleicht gelesen."

"Also eins muß man Dir lassen: Deine Ausreden sind wenigstens originell. So eine hatte ich noch nie."

"Ich auch noch nie", antwortete Blau im saubersten Brustton der Überzeugung. "Wann sehen wir uns?"

"Heute abend?"

"Ja. Wo?"

"Bei mir. Ich werde Dir beweisen, daß ich auch eine gute Köchin bin."

Blau hatte nicht den geringsten Zweifel. Aus inzwischen jahrzehntelanger Erfahrung wußte er, daß sinnliche Frauen auch immer gut kochen können. Aber das behielt er lieber für sich. Stattdessen gab er sich - auch um sich nach diesem Tag aufzumuntern - kokett: "Da bin ich aber gespannt." Und etwas zu sehr säuselnd - aber das konnte, mußte man sich am Anfang leisten - fügte er hinzu: "Ich freue mich schon."

Mein Gott, wie eine Nacht alles so einfach machen konnte. Fiona Andrews - er beschloß den Namen an diesem Abend auf Fiona zu verkürzen - Fiona hatte ein Kleid gewählt, von dem er in seinen kühnsten Träumen nicht gedacht hatte, daß sie es besitzen würde.

Ein tief ausgeschnittenes Dekolleté vorne und ein Dekolleté hinten, das den Rücken erst kurz über dem Po für beendet erklärte. Kein Zweifel - auch heute im sonnigen Abendlicht -, diese prachtvollen Brüste waren freitragend oder, da er während seines aktiven Arbeitslebens in der Reederei auch einen gewissen Zugang zur Technik bekommen hatte, trugen ihre Stabilisatoren in sich.

Fiona registrierte vergnügt, daß sein Mund bei diesem Anblick doch etwas trocken geworden war:

"Brauchst Du ein Glas Champagner?"

Also innerhalb von 24 Stunden von "Was halten Sie von einem Glas Champagner?" zu "Brauchst Du ein Glas Champagner?"

Aber wer brauchte hier eigentlich was?

# Kapitel 10

Doch erst kam die Vorspeise: Zucchiniblüten gefüllt mit getrüffeltem Kalbsbriesragout. Wenn Blau auch immer wieder Zweifel hatte, ob die zukunftsorientierte Analyse der Wahrsagerin, er sei ein Glückspilz, zutreffend sei, in solchen Momenten war es Gewißheit: Er war einer.

So raffiniert, auch gerade in den Zwischentönen, hatte Fiona diesen Appetizer hingekriegt, daß Blau unterschwellig etwas melancholisch zumute wurde: Auch dieser wunderbaren Frau würde er sich verweigern müssen. Fest liiert zu sein, vor allem zu bleiben, war auf absehbare Zeit nicht seine Bestimmung.

"Wie war das mit den Leichen?"

"Also, Leichen war natürlich verräterisch. Weil es meinen gelegentlichen Hang zu bildhaften Übertreibungen verrät. Aber eine Leiche war beziehungsweise ist es schon."

"Also, wer ist eine Leiche?"

"Das weiß ich ja auch nicht."

"Wie, ich denke, Du hast mich angeblich wegen einer ganz bestimmten Leiche nicht angerufen?"

"Das stimmt ja auch. Also mal der Reihe

nach. Da Du die Verlegerin eines Buchverlages warst oder vielmehr die Erbin", Blau wurde gezielt etwas frech oder vielmehr flirtatious, jedenfalls so war ihm die Konversation über 'seine' Leiche noch zu langweilig, "hast Du offensichtlich die Zeitung von heute noch nicht gelesen."

"Natürlich habe ich die Zeitung von heute gelesen", Fionas Upper-Class-English wurde deutlich noch *upper*, "aber warum um alles in der Welt hätte ich vermuten sollen, daß das verquollene Gesicht eines unbekannten Spaniers meinen wahrscheinlich Insel-bekannten Lover daran hindert, mich in einem Zeitraum anzurufen, den Anstand und Sitte nach einer so unanständigen Nacht vorschreiben?"

Sie mußten beide lachen.

Blau erklärte Fiona Andrews Anlaß und Motive, sich an die Polizei zu wenden, in aller Ausführlichkeit. Aber nur in dem Ausschnitt, den er zu diesem Zeitpunkt für richtig fand.

Der sah so aus: "Ich habe ja schon bei unserem letzten Abendessen erzählt, daß ich Freunden und Bekannten helfe, in diesem in mancher Beziehung fremden Umfeld die Dinge geregelt zu bekommen. Und in diesem Zusammenhang pflege ich natürlich auch Kontakte zur Polizei. Weil diese heutige Leiche von der Titelseite vor zwei Wochen noch zufällig mit anderen seltsamen Typen in der Bar Bosch am Nebentisch saß, habe ich das natürlich der Polizei erzählt. Und die anderen Typen genauer beschrieben.

Wie sagten doch die alten Lateiner so treffend: *Manus manum lavat.*"

"Und warum machst Du das?"

"Weil das - jedenfalls zum Teil - meine Rolle hier ist. Und irgendeine Rolle im Leben muß man ja spielen. Welche Rolle spielt bei einem Dinner bei Dir eigentlich der Hauptgang?"

"Eine große", sie lächelte vergnügt und augenscheinlich etwas verliebt, "wenn auch nicht die Hauptrolle. Es gibt Languste, mit drei verschiedenen Saucen - je nachdem, nach welcher Variante Dir zumute ist."

Und sich erhebend, das herrliche vordere Dekolleté ihm in Augenhöhe zugewandt, fügte sie hinzu: "Beim Champagner wollen wir ja sicher nicht ewig bleiben. Ich bekomme von zuviel jedenfalls Sodbrennen. Ich habe einen weißen Chassagne-Montrachet kalt gestellt. Kommst Du mit in die Küche, um ihn zu öffnen?"

In der Küche hätten sie wohl am liebsten ihrem gegenseitigen Verlangen nach einem direkten Genuß nachgegeben, aber dafür waren sie beide zu genußerfahren, wissend, daß man aus dem bewußten Verzögern viele zusätzliche Reiz-Faktoren ziehen konnte - oder vielleicht auch einfach nur zu konventionell.

Jedenfalls hatten sie ein wundervolles Dinner mit drei Gängen.

Die drei Saucen zur Languste: die klassische Cocktailsauce mit einigen Tropfen Cognac, eine Kyoto-Soja-Sauce, scharf, etwas exotisch, und Alioli, Mayonnaise, mit einem Hauch von Knoblauch parfümiert, erlaubten, sich bereits geistig auf eine breite Variante von Plaisir einzustellen, und das genüßliche Aussaugen der Beinchen beflügelte zusätzlich die Phantasie und damit die Stimmung.

Das abschließende Limonensorbet mit rosa Champagner - Fiona hatte alles offensichtlich mit viel Bedacht und Instinkt durchkomponiert - brachte dann beides: Abkühlung und Auffrischung zugleich.

War da sonst noch was? Außer dieser eleganten Vorbereitung der Nacht durch ein stilvoll durchdekliniertes Menü?

Natürlich. Blau war schließlich auch ein zielorientierter Deutscher. So hatte er auch die Zeit gefunden, Fionas Gallé-Sammlung *en passant* ins Gespräch zu bringen.

"Wann hast Du angefangen, diese wunderbaren Dinge von Gallé zu sammeln?"

"Nie. Das hat schon meine Mutter getan. Aber da diese Kunstwerke in Glas wirklich etwas Besonderes sind, schaue ich bei Gelegenheit in einem Antiquitätenladen nach, ob ich ein neues Stück von Gallé finde."

"Und?"

"Und wenn etwas dabei ist, daß zu meinem Portemonnaie und zu meiner Stimmung paßt, dann kaufe ich es."

"Also nach einer wirklichen Sammlerin hört sich das nicht an."

"Bin ich auch nicht."

Und in einem ganz geruhsamen Gegenangriff:

"Bist Du denn ein wirklicher Sammler? Von 'Leben' hast Du behauptet. Wahrscheinlich eher von Frauen."

"Side denn Frauen nicht das Leben - gewissermaßen *per se*."

"Da hast Du natürlich recht, mein kleiner, großer Philosoph. Mal schauen, wieviel Leben ich Dir heute noch einhauchen kann."

# Kapitel 11

Auch diesmal war Blau nicht zum Frühstück geblieben. War er am Tag vorher - beflügelt von Fiona, aufgeschreckt von der spanischen Leiche - relativ rasch in sein Tagwerk, das heißt zum Essen gerauscht, so ließ es Blau an diesem Tag gemütlich angehen.

Doch gegen 11 Uhr kam der erste Anruf: "Hier ist Klaus", meldete sich Klaus Krämer "was machst Du eigentlich für mein Geld?"

"Na, das Übliche: Essen gehen, Frauen verführen; aber wie sehr ich mich für Dich anstrenge, magst Du daraus ersehen, daß ich sogar ein Kammerkonzert, das Franz Schubert gewidmet war, besucht habe. Hat mir übrigens überraschend gut gefallen. Solltest Du mit Edith auch mal hingehen. Sie hat doch einen Sinn für Höheres. Das Ganze nennt sich Festival von Deià, und es sind gute Leute da."

"Gut. Also, vielleicht hätte ich die Frage anders stellen sollen: Kommst Du in der Gallé-Geschichte voran? Gibt es etwas Neues?"

"Also: Erstens, ich komme voran. Zweitens, es gibt noch nichts Neues. Oder konkreter unkonkret ausgedrückt: Ich grabe mich langsam in das Thema ein. Und wenn ich etwas Konkretes sagen kann oder schlicht Deine Sammlung gefunden habe, werde ich mich melden."

"Also, Du meldest Dich", verabschiedete sich Krämer mit leicht resigniertem Ton.

Gegen halbzwölf Uhr war Ramón Guitterez am Telefon: "Ich weiß jetzt mehr. Wollen wir uns zum Essen sehen?"

"Ja, wunderbar. Wo?"

"Im Es Baluard. Um halbzwei."

"Gut. Bis dann!"

Als Blau es sich fünf Minuten vor der Zeit an dem von Guiterrez bestelltem Tisch gemütlich gemacht hatte, mußte er ein wenig schmunzeln. Nach den typisch mallorquinischen Möbeln, den typisch mallorquinischen Stoffen, dem typisch mallorquinischem Geschirr, nun auch noch ein Restaurant mit typisch mallorquinischer Küche! Übertrieb es Guiterrez mit seinem Markenprofil nicht ein bißchen? Oder schmeckte es ihm hier einfach besonders gut?

Egal. Ramón war fast pünktlich, verbreitete seine fast notorisch gute Stimmung und kam schnell zum Thema. "In der Tendenz liegst Du, wie es aussieht, wohl richtig. Bei zwei meiner Kunden sind Bilder gestohlen worden. Einmal tatsächlich ein Miró, einmal ein Warhol. In beiden Fällen hat man sonst auch alles unberührt gelassen und ist offensichtlich sehr gezielt - und sehr informiert - vorgegangen. In einem Fall hat der Betroffene die Polizei eingeschaltet, im anderen Fall aus den bewußten Gründen nicht."

"Dann haben wir jetzt mindestens vier Fälle, wo Kunstwerke oder Kunstsammlungen gestohlen wurden. Zwei wurden bei der Polizei gemeldet, von einem weiteren weißt Du, von einem anderen ich."

"So was spricht sich natürlich - wenn auch sehr diskret - herum. Einige weitere Kunden von mir sind schon sehr nervös. Also, Miquel, wenn Du mehr weißt, laß mich bitte an Deinem Wissen teilhaben."

"Und umgekehrt. Haben denn Deine Kunden eine Idee, warum ausgerechnet sie ausgeraubt worden sind?"

"Weil sie ein wertvolles Gemälde besitzen - oder besser besaßen?"

"Das ist eh klar. Aber irgend ein anderes Indiz, warum gerade sie beraubt wurden?"

"Keine Ahnung."

"Vielleicht hörst Du ja was, wenn Du intensiver nachfragst."

Dennoch, schon während er das sagte, wußte Blau nur zu gut: Das war eher eine Sache der kriminalistischen Routine - oder was Blau dafür hielt.

Der Schlüssel zu diesen Diebstählen lag wohl kaum bei den Bestohlenen, sondern den Auftraggebern dieser Diebstähle.

Nachdem er sich nach diesem recht angenehmen Mittagessen von Ramón Guitterez verabschiedet hatte, zog Blau in der Bar Bosch bei zwei *cafe* in sonniger Siestaruhe ein kurzes Resümee seiner Erkenntnisse:

Erstens: Offensichtlich waren gezielt mehrere Auftragsdiebstähle auf Mallorca verübt worden.

Zweitens: Die Vermutung lag nahe, die Typen aus der Bar Bosch als Täter anzunehmen.

Denn drittens: Offensichtlich hatten sie mit ihrem spanischen Hilfswilligen Probleme bekommen oder ihn einfach, wie schon vorher beschlossen, liquidiert.

Als wesentliche offene Fragen blieben:

Viertens: Welche Kunstgegenstände waren auf Mallorca geblieben?

Fünftens: Wer waren die Auftraggeber?

Sechstens: Hier gab es in dem einzig für ihn interessanten Fall, der Gallé-Sammlung von Krämer, bisher fünf Verdächtige: Fiona (Andrews), Alexander Schmitz, Pierre du Monteuil, Josef Neumann, Mr. Sato.

Blau zog die logischen Konsequenzen seiner Analyse: Es galt Juan García zu treffen, um die Punkte 2 und 3 deutlicher zu sehen und wahrscheinlich bestätigt zu wissen und mehr zu Punkt 4 zu erfahren, zu Fiona weiter engen Kontakt zu halten, was Blau ohnehin - aus den verschiedensten Gründen - als Kürübung betrachtete, und sich endlich der Pflicht zu unterziehen, auch die drei Herren näher kennenzulernen.

Blau schritt zur Tat und zog sein Handy. Zunächst gelang es ihm, sich - wegen der

Eilbedürftigkeit des Vorgangs - noch für den gleichen Abend mit Juan García zum Essen zu verabreden. Dann lud er Fiona für den nächsten Tag (Abholzeit: halbzwölf Uhr) zu einem Ausflug zu den Jardins d'Alfàbia ein. Sein Versprechen: Es wird romantisch. Ihre gemeinsame Gewißheit: Es würde sicher schön werden.

Blau beschloß, sich ein Bad in seinem Pool daheim verdient zu haben. Und was die drei auf Mallorca residierenden und damit erreichbaren Herren "Verdächtige" betraf - er würde sie schon erreichen.

Wie, würde er sich schon noch ausdenken.

# Kapitel 12

Der spezifische Charme des ‘Los Rafaeles’ war sein offenkundiger Nicht-Charme. Man betrat das Restaurant durch eine glanzlos alltägliche Bar, umkurvte dann im hinteren Teil eine Art spanische Wand und gelangte in den gutbürgerlichen Teil des Restaurants. Spätestens, wenn der Chef des Hauses - eine Mischung aus Figaro und Maestro - auftauchte, um die Spezialitäten des Tages zu empfehlen, hatte man das gute Gefühl: das Restaurant war gut, aber nicht bürgerlich.

An den Nebentischen saß selbst zu dieser frühen Zeit - Blau und Juan García hatten sich für 22 Uhr verabredet - ein bunt gemischtes Völkchen: Geschäftsleute, die sich bei einem sperrigen Thema näher kommen wollten. Künstler, die sich auseinandersetzen wollten und sich dabei immer mehr ineinander verkrallten. Liebespaare, die ihre Liebe schon seit langer Zeit aushielten und hier ihre Liebe oder was auch immer feierten. Und eben Juan García und Blau.

"Señor García, Sie wissen inzwischen doch sicher mehr über unseren Fall?"

"Könnte sein."

"Nachdem Sie mir schon in Aussicht gestellt haben, gegebenenfalls bei der Polizei von Mallorca anfangen zu können, darf ich vielleicht meine mögliche Bewerbung intensivieren und meine Fähigkeiten durch möglichst kluge Fragen unter Beweis stellen?"

Garcia grinste. Der Abend mit Blau versprach vergnüglich zu werden.

"Falls meine doch recht laienhafte Fragetechnik nicht den hiesigen Standards entspricht, darf ich doch darauf hoffen, daß Sie mir entsprechend hilfreiche Hinweise geben?"

Garcia strahlte unverhohlen. Dieser Blau war wirklich ein *hombre*. Erst recht, wenn man bedachte, daß er ein *estranger*, Ausländer, war. Aber er lebte immerhin schon seit sieben Jahren auf Mallorca. Das erklärte natürlich vieles. Und er sprach erstaunlich gut Spanisch. Und hatte damit bewiesen, daß er bereit gewesen war, sich mit seinem neuen Heimatland zu identifizieren (Daß es zwischen Spaniern und Mallorquinern nicht überall Besten stand, war ein ganz anderes Thema). Hier zählte erst einmal die Höflichkeit gegenüber dem Gastland.

"Also gut. Bevor ich diese gute Essen verachte, indem ich darüber nachzudenken beginne, wie gut die Fragetechnik der Polizei von Mallorca ist, erzähle ich Ihnen das Wesentliche. Wir sind inzwischen ziemlich sicher, daß die Russische Mafia nach wie vor auf Mallorca ist und auch weiter ihren zweifelhaften Geschäften nachgeht. Denn uns sind inzwischen zwei weitere Kunstdiebstähle gemeldet worden, die nach der gleichen Methode abliefen."

Sich zurücklehnend und nach einer kleinen Pause, um seinen Worten mehr Gewicht zu verleihen, fügte er hinzu: "Señor Blau, diesen Hinweis gebe ich Ihnen im Moment nur pflichtgemäß und ohne besondere Gründe. Sie aber sollten bedenken, was die Anwesenheit dieser Leute für Ihre persönliche Sicherheit bedeutet."

Blau war ehrlich nur mäßigst erschüttert, oder eigentlich gar nicht, aber, ein bißchen, fand er, gebot es ihm die Höflichkeit und Klugheit, so zu tun. Er erbleichte also, so gut er konnte.

Umso direkter konnte er seine erste Frage anschließen: "Wißt Ihr schon, wer die Leiche war?"

"Paolo Sanchez, ein polizeibekannter Kleinkrimineller. Wir vermuten, daß er nur die Aufgabe hatte, die Russische Mafia - wir verwenden inzwischen auch Ihre Definition, da sie wahrscheinlich den Kern der Sache trifft - zu den jeweiligen Tatorten anhand einer Adressenliste zu führen."

"Und warum wurde er umgebracht?"

"Wahrscheinlich ist er denen zu frech und unbequem geworden."

"Und wer führt die Mafia jetzt durch Mallorca?"

"Die Kriminalitätsrate auf Mallorca ist zwar bemerkenswert gering. Aber ganz haben wir die Kleinkriminalität natürlich nicht abschaffen können - oder wollen, denn wir brauchen schliesslich unsere Zuträger, um die Szene im Griff behalten zu können. Einen Neuen haben die sich offensichtlich inzwischen verpflichtet. Geld haben sie sicher genug, denn die Hintermänner, die sich solche Kunstwerke auf diese recht unelegante Art beschaffen lassen, zählen sicher nicht zu den Armen dieser Erde."

"An dem neuen 'Mallorca-Guide' seid Ihr dichter dran?"

"Noch nicht. Aber wahrscheinlich bald."

"Gibt es Hinweise, daß die Russische Mafia die Kunstwerke schon von der Insel geschafft hat?"

"Wir haben keine. Aber die Insel, so klein sie auch zu sein scheint, ist groß. Die *Guardacostas* kann nicht alle offiziellen Häfen, für die im übrigen Madrid zuständig ist, alle Yachten, alle kleinen Häfen, alle Buchten überwachen. Im übrigen sind wir dazu aus verständlichen Gründen auch nicht autorisiert."

Da hatten sie es wieder: Mallorca, die Insel der vielen Freiheiten, des großen Geldes, der kleinen Gauner, der vielen Möglichkeiten und so mancher Geheimnisse.

Blau beschloß, für heute abend genügend neue Erkenntnisse gewonnen zu haben, die er am nächsten Morgen sortieren würde, orderte eine zweite Flasche des roten *vino de la casa* und vernichtete sie mit Juan García in aller Ruhe - mit gelegentlichen Gründen, befreit zu lachen.

# Kapitel 13

Blau bevorzugte die Naßrasur. Nicht nur, weil er so gepflegter war und wirkte, sondern, weil er so schon in relativer Frühe konzentriert nachdenken konnte. Welche Erkenntnisse hatte das Abendessen mit Juan García gebracht?

Erstens: Die drei russischen Mafiosi waren noch auf der Insel.

Zweitens: Man wußte noch nichts über den Verbleib der Kunstwerke - sondern nur über den eines gewissen Paolo Sanchez.

Drittens und noch einmal: Er hatte die Gallé-Sammlung von Krämer zu finden - und nicht russische Schwerverbrecher dingfest zu machen.

Viertens: Er konnte, mußte sich also den Ausflug mit Fiona gönnen - um sich abzulenken, aufzuheitern und eine wichtige Gallé-Spur weiter im Auge zu behalten.

Als Blau Fiona gegen halbzwölf Uhr abholte, hatte sie für diese kleine Landparty eine schlichte weiße Hose und einen weißen Pullover gewählt, ein Outfit, der die Vorzüge ihrer Figur lässig-elegant unterstrich. Während der kurzen Fahrt von den Bergen rund um Sóller - Blau wählte die Abkürzung durch den Tunnel, da die Zeit bis zu einem bequemen Mittagessen auf dem Lande sonst etwas knapp geworden wäre - erzählte er in kurzen Zügen die wechselvolle Geschichte der Jardines d'Alfàbia.

Sie waren vor allem ein eindrucksvolles Zeugnis der maurischen Herrschaft auf Mallorca zwischen dem 9. und 12. Jahrhundert. Als König Jaume I. genau am Sylvesterabend 1229 die Insel für die Christen zurückeroberte, trug sich in den nächsten Tagen folgende schöne Geschichte zu:

Der maurische Besitzer des Anwesens von Alfàbia, der fromme Benihabet, Gouverneur von Inca, bot den ausgehungerten Soldaten des Invasionsheeres Verpflegung an. Jaume I., ein großzügiges Glückskind, ließ Benihabet daraufhin Alfàbia als Sommersitz. Später erhielt es dann einer von Jaumes wichtigsten Gefolgsleute, Santacilla, als Lehen. Das Gut mit seinen romatischen maurischen Gärten befand sich nach wie vor in Privatbesitz, stand jedoch zur Besichtigung frei - und damit zu Fionas Verfügung.

Blau staunte erneut, wieviel Temperament sie besaß - und in welch verschiedenen Spielarten. Mal sauste sie vor ihm zu einem Ausblick, mal schlenderte sie mit ihm einen der verschlungenen Wege entlang, mal blieb sie verzückt und in einen Anblick grüner Idylle versunken stehen. Zu Blaus Vergnügen den Arm um seine Hüfte gelegt und mit dem Kopf seine Brust berührend.

"Das ist ja wunderbar."

"So schön habe ich die Gärten auch noch nie

gesehen", gab er ehrlich verwundert zurück. Und ihr Lächeln sagte ihm: Sie wußte, was er meinte.

Vielleicht hätten sie es in dieser romantischen Stimmung noch länger ausgehalten, doch Fionas Sinn für ironische Brechungen fand gleich darauf den passenden Gegenstand in einem etwas knorrig wirkenden Herrn, der auf eine betucht aussehende Dame (mit etwas zu viel Schmuck für den Vormittag) einredete und sich ihnen deshalb etwas überrascht gegenüber fand: "Wie andere Pyromanen sind, so sind Sie wohl ein Hydromane. Herr Neumann darf ich Ihnen Herrn Blau vorstellen. Michael, Herr Neumann kümmert sich um die Gestaltung und Fertigstellung meines Pools."

Nachdem Herr Neumann der Höflichkeit genüge getan und seine Begleiterin, eine Mrs. Stevenson, dem Akzent nach eindeutig Amerikanerin, bekannt gemacht hatte, sah sich Fiona erneut veranlaßt, ihre Kunst des *small talks* zu bemühen: "Michael Blau ist schon länger auf Mallorca und macht mir die Freude, mir einige der Schönheiten der Insel zu zeigen."

"Wie lange sind Sie denn schon hier?", fragte Neumann unverblümt neugierig nach.

"Sieben Jahre."

"Da wundert es mich aber, daß ich Sie nicht kenne."

"Das spricht weder gegen Sie noch gegen mich", gab Blau in dem gleichmütig-arroganten Ton, der ihm gegebenenfalls auf Abruf zu Gebote stand, zurück.

"Aber da Sie sich um Mrs. Andrews Swimming-Pool kümmern, sind Sie wohl Josef Neumann, der Schwimmbadarchitekt. Ich habe natürlich schon von Ihnen gehört."

Und Neumann lächelte, wie gewünscht, geschmeichelt.

"Geben Sie mir doch bitte Ihre Karte. Es könnte sein, daß ich auch bald Grund habe, auf Sie zuzukommen."

# Kapitel 14

"Señor Blau, wie lange wollen Sie denn noch im Bad bleiben?", drang nachdrücklich die unverwechselbare Stimme Augusta Pereiras durch die Tür. So lange wie ich will, dachte Blau, aber die Empfindlichkeit und die Bedeutung seiner "Perle" bedenkend steckte er kurz den Kopf durch die Badtür und brummte: "Im Ankleideraum finden Sie rechts noch ein paar Sakkos und Hosen mit einigen wunderschönen Flecken."

Knapp sieben Jahre - fast so lange, wie Blau auf Mallorca weilte - dauerte nun schon die Ehe zwischen Blau und seiner Perle Pereira, aber jetzt im verflixten siebten Jahr ging sie ihm besonders auf die Nerven; er ihr vermutlich auch. Aber da Blau inzwischen zu wissen glaubte, daß er bei seinen Chancen wie Angewohnheiten sehr wahrscheinlich sehr viel leichter eine Ehefrau als eine Perle finden würde, hatte sich diese Verbindung als besonders belastbar und haltbar erwiesen.

Augusta Pereira hatte verstanden, und Blau seine Ruhe im Bad. Schließlich mußte er über Josef Neumann nachdenken. Jetzt konnte er das Urteil von Léon Levêque besser einordnen... Dieser Neumann war tatsächlich so etwas wie schroff. Wirkte dabei sehr determiniert. Ja, Blau konnte sich ihn theoretisch als Auftraggeber des Gallé-Raubes bei den Krämers vorstellen. Aber andererseits: Wenn es rauskam, riskierte er damit seine berufliche und gesellschaftliche Stellung in der internationalen Society von Mallorca. Warum hätte er das tun sollen? Und wie war er mit der Russischen Mafia in Kontakt gekommen?

Blau fühlte sich an diesem Morgen besonders philosophisch: Er wußte, daß er nichts wußte. Jedenfalls im Grunde genommen.

Also trudelte er schon zur Mittagszeit in der die Bar Bosch ein, ließ sich eine *llangosta amb sobrasada* (hat nichts mit Langusten zu tun, sondern ist ein einfaches Sobrassada-Sandwich) mit genügend weißem *vino de la casa* und *aqua sin gas* schmecken und hoffte, daß die Vorbeiflanierenden, insbesondere die schwingenden Röcke der Damen, ihn schon inspirieren würden.

Als sich solche Inspiration während dieses relativ kurzen und für seine Verhältnisse kargen Mahles - er brauchte einfach Abwechslung - dann doch nicht einstellen wollte, beschloß Blau, in seine alten Gewohnheiten zu verfallen und Ruhe und Heil in der Lektüre der Zeitungen zu suchen, die am Zeitungskiosk schräg gegenüber vom Gran Hotel in Hülle und Fülle ausgebreitet lagen. Blau griff sich zwei deutsche Zeitungen, die "International Herald Tribune" und das "Diario de Mallorca", die seriösere der beiden Regionalzeitungen der Insel, und breitete sich an seinem Tisch über drei Sessel aus, was die *camareros* mit Blick auf seine Trinkgelder gern duldeten.

In die Lektüre vertieft, hatte Blau irgendwann plötzlich das unangenehm-prickelnde Gefühl, fixiert zu werden. Als er sich umblickte, entdeckte er links hinter sich plötzlich ein bekanntes Gesicht: einen der drei russischen Mafiosi. Blau verrückte seinen Sessel in die Richtung und blickte auf einen Mann, der ihn nicht mehr wahrzunehmen schien, jedenfalls scheinbar gelangweilt, in andere, wechselnde Richtungen schaute.

Blau beschloß, mehr Ordnung in seinen Fall zu bringen und den russischen Mafiosi verschiedene Namen, Vornamen zumindest, zu geben. Diesen nannte er originellerweise Ivan. Für die beiden anderen, derzeit Abwesenden, erwies sich die Namensgebung ebenfalls als relativ einfach: den Großen taufte er Boris, den Gedrungenen, Stirnackigen Nikita.

Während Blau noch überlegte, ob er Juan García per Handy alarmieren sollte oder ob dieser Zeitpunkt für seine, Krämers Interessen, zu früh sei, steckte Ivan aus seiner Brusttasche einen Geldschein in das Töpfchen, in dem die Kellner die Kassenbelege für die Bestellungen bewahrten, und ging.

Blau atmete befreit durch, daß er einer Entscheidungsneurose entgangen war, und beschloß, das Tempo seiner Ermittlungen zu beschleunigen. Morgen.

Für heute hatte er sich eine Jugendstil-Ausstellung, die passenderweise im jugendstilträchtigen Gran Hotel stattfand, zum Ziel erkoren. Natürlich hatte er die Fotos von Krämers Schätzen, hatte Fiona Andrews Kostbarkeiten bewundert, aber Blau hatte, wohl zu Recht, den Eindruck, daß er die Bedeutung Emile Gallés, zumal im Kontext seiner Zeit, nur bedingt einschätzen konnte.

Wie erwartet, gab es bei dieser Ausstellung, die unter anderem auch den Beitrag Gallés zur Art Nouveau würdigte, einiges zu lernen oder wieder ins Gedächtnis zu rufen: Daß Emile Gallé wie wenige andere Künstler den Stil der Art Nouveau, wie der Jugendstil in Frankreich genannt wurde, geprägt hat; daß er mit der Gründung der "Ecole de Nancy" Nancy neben Paris zum zweiten Zentrum der Art Nouveau in Frankreich gemacht hatte, daß seine Libellentischchen, Lampen und Vasen, seine Schalen und Flacons, die in dieser Ausstellung zumeist nur durch Fotos und nur wenige Originale vertreten waren, zu seiner Zeit ein Zimmer erst zu einem Salon veredelten. Und schließlich, daß er nicht nur ein Künstler war, der sein Handwerk beherrschte, sondern jemand, der sich in Philosophie, Mineralogie und Botanik auskannte und sich insbesondere durch die Dichtung der französischen Symbolisten hatte anregen lassen.

Das alles lernte Blau, wie er es am liebsten tat: im Vorbeischlendern - durch die prachtvollen Räume des einstigen Gran Hotel, das sich nun als lebendiges Kulturzentrum einer steten Verjüngungskur unterzog.

Als Blau sich gerade dem heutzutage zu einem anständigen Kulturzentrum gehörigen Café zuwenden wollte, sah er von hinten eine inzwischen recht bekannte Gestalt: Ivan. Der entfernte sich eilig. Aber Blau war sich jetzt plötzlich sicher, vorher gespürt zu haben, daß er beobachtet worden war.

Ein Grund mehr, das Café aufzusuchen, ein Glas Weißwein zu bestellen und sich doch etwas zu wundern.

Natürlich gab es die Möglichkeit, daß die beiden Begegnungen mit Ivan nur ein Zufall waren. Blau weigerte sich aus Prinzip, Gespenster zu sehen oder unter Verfolgungswahn zu leiden.

Aber die andere Möglichkeit mußte man auch bedenken. Was war, wenn diese Zusammentreffen kein Zufall waren, wenn die russischen Mafiosi einen Tip bekommen hatten und ihn bewußt beobachteten?

Wer konnte ihnen diesen Tip gegeben haben? Wer wußte, daß und weshalb er sich speziell für Gallé interessierte?

Juan García? Ein Tip-Geber der russischen Mafia bei der spanischen Polizei. Lächerlich?

Leon Levêque? Zu wenig clever und zu feige.

Ramón Guitterez? Nicht vorstellbar und auch nicht die Spur eines Motivs.

Blieb Fiona Andrews. Ihr hatte er natürlich nichts von seinen Nachforschungen in Sachen Gallé erzählt, aber sein besonderes Interesse an Gallé konnte sie herausgehört haben. Und warum war sie ausgerechnet mit Josef Neumann, einem der wenigen Gallé-Sammler der Insel, offenkundig so gut bekannt?

# Kapitel 15

Am Hafen roch es nach Hafen. Blau hatte es schon immer fasziniert, daß alle Häfen dieser Welt irgendwie ähnlich riechen.

Da es schon dunkel war, wirkte die Trennung zwischen denen an Land und denen auf dem Wasser strenger, wurde deutlicher. Die Lichter der Schiffe, die sich im Wasser des Hafenbeckens spiegelten oder gegen einen am frühen Abend noch relativ dunklen Nachthimmel stachen, standen für eine andere Welt. Für eine Welt, die für die Leute an Land auch etwas Bedrohliches hatte: für unbekannte Kontinente, für Abenteuertum, für größere Freiheit, manchmal auch verbunden mit größeren Risiken.

Und an diesem Abend stand sie für Blau natürlich für die Möglichkeit, Kunstwerke relativ leicht von der Insel wegzuschaffen. Für sein Abendessen suchte er sich an einer der Molen des Hafens von Palma ein relativ einfaches Fischrestaurant, wo er sicher sein konnte, keinen seiner Bekannten zu treffen: den Klassiker Ca'n Eduardo gleich über Palmas Fischgrossmarkt, wo die Neptunskinder so frisch sind, dass sie frischer kaum sein können. Er begann mit den von Mallorquinern heißgeliebten *cargols*, Schnecken im pikanter Tunke, ließ sich einen *llobarro a la mallorquina*, Wolfsbarsch auf Gemüse mit Rosinen und Pinienkernen, schmecken, nahm etwas *formatge*, Käse, und bekam zum Schluß auch seine geliebte *creme caramel*.

Während des Essens bedachte er die drei Punkte, die sich während des Tages ergeben hatten.

Erstens: Sollte er Juan García über seine Begegnungen mit Ivan berichten? Er entschied sich dagegen. Daß die russischen Mafiosi noch auf Mallorca waren, wußte die Polizei ohnehin. Insofern hätte er ihnen nichts wesentlich Neues sagen können. Was dagegen drohte, war, daß sie ihm Personenschutz angeboten oder gar aufgezwungen hätten. Das hätte nicht nur die Diskretion gegenüber seinem Klienten gefährdet, sondern auch seine Bewegungsfreiheit erheblich beeinträchtigt. Das konnte er nicht wollen. Und noch wichtiger: Das wollte er nicht.

Zweitens: Fiona. Blau beschloß, sie in Zukunft nicht nur scharf anzuschauen, sondern auch schärfer zu betrachten. Wobei, wie er vergnügt feststellte, das eine das andere nicht ausschloß. Sie war eine Schlüsselfigur für zwei Verdächtige. Und Blau besaß den Schlüssel. Kurzum: Er entschied, sich nichts anmerken zu lassen und sie bald wieder zu einem Ausflug auf der Insel oder sonstigen Vergnügungen einzuladen.

Drittens: Beschleunigung der Ermittlungen. Es half alles nichts. Er mußte sich der Mühe unterziehen, Alexander Schmitz kennenzulernen.

# Kapitel 16

"Spreche ich mit Herrn Alexander Schmitz persönlich?"

"Ja."

"Dem Telefonbuch habe ich entnommen, daß Sie unabhängiger Versicherungsmakler sind, und als ich mich im Bekanntenkreis umhörte, hat man mir auch Ihren Namen genannt."

"Ja, aber das mache ich aber nur noch in wenigen, ausgewählten Fällen. Mit wem spreche ich denn?"

"Entschuldigen Sie bitte. Mein Name ist Blau, Michael Blau. Ich bin anhand einiger Diebstähle im näheren und weiteren Bekanntenkreis zu der Überzeugung gekommen, daß ich sehr wahrscheinlich völlig unterversichert bin, und das möchte ich baldmöglichst ändern."

"Mmh, hört sich interessant an."

"Aus dem Telefonbuch sehe ich, daß Sie in Peguera wohnen. Da ich mittags in Port d'Andratx zum Essen verabredet bin, wäre es vielleicht das Einfachste, wenn ich auf dem Rückweg bei Ihnen vorbeischaue, um erste Klarheit über die zu beantwortenden Fragen und über die Konditionen zu gewinnen. Wäre Ihnen das genehm?"

"Ja, durchaus. Warum nicht so anfangen?"

"Wäre halbsechs Uhr für Sie eine angenehme Zeit?"

"Ja. Soll ich Ihnen den Weg beschreiben?"

"Ich denke, ich finde Ihr Haus so. Peguera ist ja nicht so groß, daß man sich nicht schnell eine Orientierung verschaffen oder durchfragen könnte. Wenn ich nicht weiterkommen, rufe ich Sie per Handy an."

"Also gut. Bis halbsechs."

Zur Einstimmung hatte sich Blau in Port d'Andratx mit jemandem zum Mittagessen verabredet, mit dem er sich besonders gut unterhalten konnte: mit Michael Blau. Und um wirklich sicher zu gehen, daß er seine Ruhe hatte, bestellte er einen Tisch im Restaurant der Villa Italia, genügend exklusiv, um allein bleiben zu können, und genügend hoch gelegen, um einen weiten Blick über den Hafen und die Bucht zu haben.

So fiel es ihm nicht besonders schwer, während des Essens, das wie immer keinen zum Zungenschnalzen verleiten konnte und heute für ihn auch eher Nebensache war, letzte Finessen der Strategie und Taktik gegenüber Herrn Alexander Schmitz zu durchdenken. Natürlich schaute er sich auch die Fotos der gestohlenen Stücke von Krämers Gallé-Sammlung noch einmal an.

Wie ernst er seine Aufgabe inzwischen nahm, wurde ihm selbst - leicht erschrocken - bewußt, als er am Ende des Menüs feststellte, daß er nur knapp die Hälfte der Flasche Marqués de Cáceres, die er geordert hatte, geleert hatte, dafür aber zwei Flaschen *agua sin gas*.

Nun, der Herr Schmitz war sicher ein nüchterner Typ. Blau war also gut vorbereitet.

Schmitz wohnte, wie erwartet, in einer der typischen Urlauber- und Residentensiedlungen, welche die Reihenhaus-Idylle deutscher Vororte - gelegentlich unterstützt durch einige importierte Gartenzwerge - schier bruchlos nach Mallorca verpflanzt hatten.

Als Blau pünktlich um 17.30 Uhr an der Haustür von Herrn Schmitz klingelte - das Gefährlichste an diesem Fall war im Moment wohl, daß er seine Gewohnheiten zu ändern drohte, aber auch da war Blau auf Dauer furchtlos -, traf er auf einen Mann, dessen zur Korpulenz neigender Körper in einem eigenartigen Gegensatz zu dem hageren Kopf stand.

Blau wurde an der Tür von einem Blick empfangen, der nur von einer Frage bewegt schien: Hatte der wirklich so viel Besitz und Geld, daß für mich eine halbwegs anständige Provision dabei herausspringt? Zur weiteren Prüfung wurde er ins Haus komplimentiert und auf eine Ledercouch platziert. Blau zählte auf, was er zu bieten und versichern hatte, und hatte auch schnell im Schmitz'schen Vitrinenschrank dessen Gallé-Sammlung entdeckt.

Nachdem er sich über verschiedene Versicherungs-Modelle und die Konditionen hatte aufklären lassen und sie einen Termin für eine

Ortsbesichtigung auf Blaus Finca verabredetet hatten, kam Blau so ganz nebenbei zu seinem Thema: "Sie haben da aber eine sehr schöne Glassammlung. Sehe ich da nicht sogar einen Gallé?"

"Es sind alles echte Gallé", verkündete Alexander Schmitz mit beträchtlichem Besitzerstolz.

"Und warum sammeln Sie gerade Gallé?"

"Weil er eine gute Kapitalanlage ist. So wie die Preise in den letzten Jahren gestiegen sind - solche Renditen können Sie auf dem Kapitalmarkt nicht erreichen, vom debakulösen Aktienmarkt ganz zu schweigen."

"Demnach sammeln Sie schon länger?"

"So seit fünfzehn Jahren. Und deshalb weiß ich auch, wie die Preise gestiegen sind. Aber ab und zu gelingt es mir doch noch immer wieder, ein Schnäppchen zu machen."

"Und wie das?"

"Ich kann", antwortete Schmitz mit einem etwas schmierig-genießerischem Lächeln, "eben gut handeln. Aber da ich mir bei meinen Käufen - wie früher bei Aktien - immer ein gewisses Limit setze, dauert es natürlich manchmal auch etwas, bis ich wieder einen neuen Gallé bekomme, der in meine finanziellen Vorstellungen paßt. Aber, wie schon der Chinese sagt: Der Himmel ist mit den Geduldigen."

"Welcher Chinese?"

"Der Chinese heißt Alexander Schmitz. Kleiner Scherz von mir."

Schmitz prustete vor guter Laune.

"Sammeln Sie auch Glas oder Gallé?"

"Nein, aber ich interessiere mich generell für schöne Dinge, insbesondere für solche mit solch interessanten Formen."

Schmitz verstand, öffnete, jetzt endgültig prächtig gelaunt, den Schrank und zeigte Blau der Reihe nach all seine Gallé-Stücke - mit manchmal stolzen Hinweisen, zu welchem Preis er sie erworben hatte und was sie heute wert waren.

Von Krämers Sammlung war nicht ein einziges dabei. Aber das mußte nichts bedeuten.

## Kapitel 17

Blau fand es nun aus verschiedenen Gründen doch an der Zeit, die Krämers zu treffen. Deshalb rief er sie, kaum dem Schmitz' Sichtfeld entschwunden, an und verabredete sich mit ihnen für den nächsten Mittag im "Chopin" in Palma.

Offensichtlich hatten sie schon sehr seines Anrufs geharrt. So verwunderte es ihn nur wenig, daß sie, obwohl er genau pünktlich zur verabredeten Zeit, um zwei Uhr, das Lokal betrat, den bestellten Tisch schon belegt hatten.

"Hast Du schon etwas gefunden oder festgestellt?", legte Klaus Krämer, kaum, dass sie den Aperitiv geordert hatten, los.

"Ja, ich habe festgestellt, daß mein Honorar zu niedrig ist."

Nachdem Blau sich fairerweise nur kurz an ihren etwas entglittenen Gesichtszügen delektiert hatte, fügte er hinzu: "Keine Angst, mein Wort und unsere Verabredung gilt. Aber wenn Ihr wüßtet, welchen fast schon unmenschlichen Anstrengungen ich gemacht habe, um an Eure Gallé-Sammlung heranzukommen, dann würdet Ihr zum gleichen Schluß kommen und Euch nur wundern, zu welcher konzentrierten Betriebsamkeit ich fähig bin. Ich wundere mich ja selbst schon dauernd. Und ganz nebenbei gesagt", Edith in die Augen blickend, "welchen Gefahren ich mich aussetze."

"Gefahren?", fragte Edith ehrlich erschrocken.

"Das gehört zum Job", meinte Blau lässig und begann, sich darüber zu amüsieren, wie er in der Rolle des furchtlosen Ermittlers allmählich aufging. Fragte sich nur, wer diese Rolle verkörpern konnte: Peter Falk alias Inspektor Colombo oder eher der legendäre Sean Connery. Blau entschied sich für die goldene Mitte zwischen beiden Typen, für Michael Blau, oder in der amerikanisch-internationalen Fassung des Namens für Mike Blau.

An den Tisch zurückgerufen durch den sanften Hinweis des Kellners, ob er schon das Menü aufnehmen dürfe, widmeten sich alle drei zunächst dieser alle Aufmerksamkeit fordernden Aufgabe. Edith ließ sich übrigens zu ihrem obligatorischen Salat in diesem elegant-kulinarischen Umfeld eine kleine Portion Fisch servieren.

Dann wurde Blau präziser. Er erzählte kurz, daß er tatsächlich intensiv an dem Gallé-Thema dran sei, es im jetzigen Stadium aber nicht für klug hielte, Näheres zu berichten, sondern seinen Job ohnehin darin sehe, ihnen ihre Gallé-Sammlung schlicht wieder zu beschaffen, aber er jetzt doch eine Frage habe: "Wie seid Ihr eigentlich zu Eurer Gallé-Sammlung gekommen?"

Klaus, dessen Miene verriet, daß er am liebsten doch weiter nachgefragt hätte, hielt sich mühsam zurück. Wohl in Erinnerung an den heftigen Nasenstüber, den ihm Blau bei seinem jüngsten Telefonat verpaßt hatte.

So kam Edith zum Zuge. "Du, wir haben die ganze Sammlung als einen Posten mal günstig aus dem Nachlaß eines kinderlosen Industriellen, dessen Frau vor ihm verstorben war, ersteigert."

"Ihr kennt also den Wert der einzelnen Stücke gar nicht?"

"Nein, wir wissen nur, was wir bezahlt haben", ließ sich Klaus Krämer jetzt ein, "haben bei unserer Schätzung einen gewissen Faktor drauf geschlagen, weil, wie man weiß, Gallé im Wert gestiegen ist. Halt so, wie man das bei einer Hausratversicherung macht."

"Und außerdem", echauffierte sich eine engagierte Edith, "war unsere Gallé-Samlung auch sehr repräsentativ und hat bei meinen kleinen Empfängen entsprechenden Eindruck gemacht."

"Ich denke, das wird auch wieder so werden", Blau legte beruhigend seine Hand auf Ediths Arm. Klaus Krämer bedenkend, fügte er hinzu: "Du bist doch nicht eifersüchtig?"

"I wo", entfuhr es Edith, "er trägt doch nicht einmal einen Ehering."

"Um ein guter Ehemann zu sein, muß man doch keinen Ehering tragen", empörte sich Klaus. "Was meinst Du, Mike?"

"Davon verstehe ich nichts. Aber was braucht Ihr Eheringe, wo ihr doch die gleichen Jogging-Anzüge tragt."

Die Krämers nahmen den ironischen Biß seines *Bonmots* wohl nur bedingt wahr, aber Blau beschlich später das Gefühl, daß sein Witz so manches Mal wohl besser war als seine Manieren. Doch damit mußte er eben von Zeit zu Zeit leben.

## Kapitel 18

Blau schaute im Telefonbuch nach. Kein Eintrag von Pierre du Monteuil. Blau rief bei der Auskunft an. Keine Telefonnummer von Pierre du Monteuil bekannt.

Also, ein klarer Fall für Barbara, die, wie alle VIPs auf der Insel auch nicht im Telefonbuch stand.

"Kennst Du Pierre du Monteuil?"

"Ja."

"Ihn müßte ich auch dringend kennenlernen. Hilfst Du mir?"

"Natürlich. Das weißt Du doch. Wie war es denn mit Fiona Andrews?"

"Kurze Antwort: Es ist. Noch."

"Na, ein bißchen mehr wirst Du mir doch erzählen? Du weißt doch, wir Frauen sind alle schrecklich neugierig, wenn's um Liebesdinge geht. Und ich tu nur so, als ob ich eine Ausnahme wäre. Aber wenn es um Dich geht..."

"Na, um auf Deine Bemerkung bei unserem letzten Treffen zurückzukommen: Wer ist hier der größere Charmeur und Schmeichler? Also gut. Ich erzähle Dir etwas über Fiona Andrews. Und

Du erzählst mir was über Pierre du Monteuil. Können wir uns gleich heute abend auf einen Drink sehen?"

"Einverstanden. Also dann gegen Mitternacht im Abacanto?"

"Ja. Ich freu mich schon."

"Ich auch."

Es hätte nicht der Nachfrage von Barbara bedurft, um Blau daran zu erinnern, daß ein neues Date mit Fiona anstand.

"Guten Morgen. Geht es Dir gut?"

"Ja. Obwohl ich Dich ein bißchen vermisse."

"Das geht mir genauso. Aber das können wir ja ändern. Wo wir passenderweise mit einigen der romantischen Locations auf Mallorca gestartet sind: Kennst Du eigentlich schon die Kartause von Valdemossa? Die Geschichte mit Chopin und George Sand, Du weißt?"

"Natürlich habe ich davon gehört und gelesen. Aber da war ich noch nicht."

"Na, dann ist das doch das gegebene nächste Ausflugsziel. Wäre es Dir recht, wenn ich Dich morgen nachmittag gegen vier Uhr abhole?"

"Ja. Fein."

Blau hatte diesen Tag also gewissermaßen bis Mitternacht frei, nahm seine alten Gewohnheiten auf, aß wieder einmal bei Koldo Royo, trank einen weiteren Weißwein samt Wasser in der Bar Bosch und kam dann auf die eigentlich naheliegende Idee, sich endlich ein Buch über Gallé zu kaufen.

Danach gönnte er sich zuhause eine späte *siesta*, machte sich abends in der eigenen Küche noch ein paar raffinierte Appetitbrote, und war dann hellwach, um seine Königin für diese Nacht, Barbara, zu treffen.

Das Abacanto ist schon ein besonderer Laden. Leute, die sich weniger lässig auszudrücken pflegen wie Blau, behaupten gar, es sei eine der schönsten Nachtbars Europas. Jedenfalls hatte in einem extravaganten Ambiente seine Ruhe, konnte sich wie in diesem Fall Barbara und Blau in bequemen Sesseln aufeinander konzentrieren und hatte gleichzeitig noch die Chance, sich ganz nach Gusto ablenken oder anregen zu lassen durch die dahinplätschernde klassische Musik, üppig-schwülstige Dekorationen und mehr oder weniger schöne oder interessante Menschen.

Aber wen wundert's: Barbara und Blau fanden sich gegenseitig schön und interessant genug, und zudem hatten sie schließlich noch zwei interessante Menschen als Gesprächsstoff: Fiona Andrews und Pierre du Monteuil.

"Wie ist sie denn?" fragte Barbara zu Blaus nicht geringer Verblüffung.

"Na ja, sehr temperamentvoll, sie hat einen ausgeprägten Sinn für Humor und gut kochen kann sie ausserdem."

"Und, was Ernstes?"

"Du kennst mich doch. Die einzige, die mir

ernsthaft - im Sinne von Ehe und ähnlich schrecklichen Dingen - gefährlich werden könnte, bist Du. Aber diese Gefahr besteht ja nicht mehr."

"Bist Du dir da so sicher?", kokettierte Barbara mit ihrem wunderbar ironischen, ja jetzt einen Hauch maliziösem Lächeln.

Blau war sprachlos und dachte nur: Wenn Leonardo da Vinci heute leben und malen würde, Barbara wäre in diesem Moment die aktuelle Mona Lisa.

"Gut, hoffentlich werde ich dann nicht der letzte sein, der es merkt."

"Nein, nein. Das verspreche ich Dir: Du kriegst es schon vorher mit."

Sie strahlten sich beide an und wußten beide: Es war Freundschaft. Zumindest für diese Nacht.

"Also, was willst Du über Pierre du Monteuil wissen?"

"Alles. Ich habe ihn nie getroffen."

"Er ist ein sehr charmanter älterer Herr. Ein echter Grandseigneur. Alter französischer Adel. Tadellose Manieren. Na ja, das versteht sich eigentlich von selbst. Das Haus, das er bewohnt, ist eher klein, aber mit sicherem Geschmack und einigen exquisiten Antiquitäten eingerichtet. Er lädt, wie ich das so mitbekommen haben, nur ein- bis zweimal im Jahr ein, aber dann sehr elegant. Alles vom Allerfeinsten."

"Und wann gibt es die nächste Einladung?"

"Die liegt schon vor und ich habe auch schon zugesagt. So in vierzehn Tagen."

"Kannst Du mich nicht mitnehmen?"

"Das hatte ich befürchtet. Ich habe mir eigentlich schon einen anderen Begleiter verpflichtet. Aber was tu ich nicht alles für Dich?"

"Wie kann ich das jemals nur wieder gutmachen?", fragte Blau treuherzig.

"Gut, ich werde den anderen Herrn auf einen anderen Anlaß verschieben und nehme Dich mit. Ich ruf Dich morgen oder vielmehr heute gegen zwölf Uhr an, um Dir den genauen Termin durchzusagen. Bei Monteuil ist übrigens Klassik, was die Garderobe angeht, angesagt."

# Kapitel 19

"Ist das nicht entzückend?" flüsterte Fiona bei diesem Anblick: eine frische rote Rose auf den Tasten des geöffneten Pleyel-Klavier.

Ob Frédéric Chopin und George Sand genau in den Räumen gelebt hatten, in denen sich jetzt der Geist dieses Paares so eindrucksvoll ausbreitete, mit Familienfotos, Zeichnungen von Eugéne Delacroix, einem Freund der Sand, solchen ihres Sohnes Maurice und zeitgenössischem Mobiliar, das war nicht sicher. Aber sicher war: In der Kartause hatte Chopin 24 lyrische Préludes komponiert, darunter auch die heute so populäre "Regentropfen-Prélude".

Sicher hingegen war: Blau konnte nicht umhin, von Fiona entzückt zu sein. Sie hatte diesmal eine sandfarbene Hose gewählt, dazu ein Top à la Carmen in rostbraunem Ton, wunderbar abgestimmt auf die Farbe ihrer Haare, die sie heute in einem langen Zopf gebändigt hatte. Mal gab das Top mehr die linke, mal mehr die rechte Schulter frei, damit unter anderem keinen Zweifel daran lassend, daß ihre Brüste keiner Stütze bedurften.

Blau betrachtete alles voller Besitzerstolz und war heute recht froh, wenn sich im Andrang der vielen Besucher aus aller Welt gelegentlich kleine Schlangen bildeten, die ihm Gelegenheit gaben, relativ unauffällig einen Kuß auf Fionas Nacken oder Schulter zu hauchen.

"Hast Du eigentlich in Schottland Verwandte?"

"Nein, Verwandte nicht, aber wirklich gute Freunde und auch einen kleinen Besitz in den Highlands, der schon seit zwei Jahrhunderten der Familie gehört. Du weißt wahrscheinlich: die englische *landed gentry* in Schottland."

"So was Ähnliches habe ich mir schon gedacht. Ich habe eine kleine Überraschung für Dich."

"Was oder besser welche?"

"Überraschen lassen. Einsteigen."

Blau hatte in Kenntnis seiner Überraschung seinen Zweitwagen, einen Golf, gewählt. Er war etwa fünf bis acht Minuten unterwegs, als ihm auffiel, daß in seinem Rückspiegel immer wieder ein Range Rover auftauchte, ließ zwei ungeduldige Auffahrer hinter ihm, die ihn ohnehin schon etwas genervt hatten, passieren und hatte den Wagen direkt hinter sich. Ein Spanier saß am Steuer, aber, kein Zweifel, der Mann neben ihm war Nikita.

Nikita hinter sich, eine überaus verführerische Fiona neben sich - Blau wurde es etwas mulmig. Er griff sich eine Mundpastille, hätte beinahe vergessen, Fiona auch eine anzubieten, und atmete tief durch. Es war wie bei überraschenden Turbulenzen im Flugzeug: Man wartete am besten erstmal ab. Was sollte man auch sonst tun?

Blau behielt also seine Geschwindigkeit bei und

zog sich auf seine Kenntnisse lateinischer Sentenzen zurück: *Ouidquid agis, prudenter agas et respice finem.* Für Nicht-Lateiner: "Was auch immer Du tust, handle klug und bedenke das Ende."

So Trost und Ruhe bei seinem Rückgriff auf sein Bildungsgut suchend, hatte Blau bald den *point of no return* vorbedacht: Wenn ihm Nikita auch noch am Abzweig nach Port de Valdemossa folgen würde, hatten er und sein mallorquinischer Kumpan es auf sein Leben abgesehen, wenn nicht, nicht.

Der Punkt kam - und der Rover hinter ihm wählte den Weg nach Deià.

Blau bog nach Port de Valdemossa ein, atmete unmerklich durch und beobachtete Fiona von der Seite, was nicht weiter auffiel, da sie es ohnehin gewohnt war, daß er manchmal relativ ungebremst auf ihren Busen blickte.

Spätestens, als er vor der ersten Haarnadelkurve bremste, wußte Fiona, warum er im Zusammenhang mit der Ankündigung seiner Überraschung Schottland assoziiert hatte. Die Straße war mindestens so eng wie in entlegenen Punkten der Highlands. Nur gab es in Mallorca generell und speziell auf dieser Straße, die in engen Serpentinen vom Steilhang zum Meer hinunter führte, keine bequemen Ausweichpunkte - wie in Schottland. Aber dafür war die Straße noch romantischer und der weite Blick über die Steilhänge der Westküste von Mallorca schlicht atemberaubend.

Als Blau und Fiona schließlich an der kleinen Mole des winzigen Hafens angelangt waren, hatten sie Glück. Es bot sich ihnen ein Anblick, wie ihn so wohl nur ein Engländer hätte malen können: William Turner. Eine dunkle Wolke hatte sich in kurzer Entfernung zur Steilküste zwischen die abendliche Sonne und das Meer geschoben und lenkte nun, gebrochen, das Licht an den Rändern weiter, ließ einige Strahlenbündel durch und begründete einen zauberischen Zwischenraum zwischen Tag, Traum, Meer, Himmel, Land und Abend.

Blau schlug Fiona vor, im einzigen Restaurant, das diese Bezeichnung verdient, ein relativ frühes Abendessen einzunehmen, was sie mit all den Aussichten, die sich mit dem Platz und dem Zeitpunkt verbanden, gern annahm.

Blau hatte den Tisch so gewählt, daß sie beide eine gute Aussichten hatten: Fiona auf das Meer, er, mehr im Halbschatten sitzend, auf ihren Busen.

Das hinderte ihn jedoch nicht, die andere Gefahr noch einmal in Betracht zu ziehen: Unterstellt, Nikita war ihm nicht zufällig gefolgt, so hätte einige Wahrscheinlichkeit dafür gesprochen, daß er einen Hinweis bekommen hatte, zumal Blau diesmal den Golf und nicht das alte Porsche-Cabrio fuhr. Spätestens an der Einfahrt nach Port de Valdemossa hätten sich die russischen Mafiosi - vielleicht hatten hinten ja noch mehr gesessen, so genau hatte Blau das im Rückspiegel auch nicht sehen können - jedoch dekuvriert. In einem so großen und für diese schmale Straße relativ unpraktischen Auto zu folgen, hätte einen sehr direkten, ungetarnten Angriff bedeutet.

Den hatten Nikita und Co. ja auch unterlassen - oder sie hatten sich wirklich nicht für ihn interessiert. Fiona hatte man jedenfalls im entscheidenden Moment, als der Rover abbog, nichts angesehen.

Blau beschloß, sich am nächsten Tag seine alte Pistole zumindest einmal wieder anzusehen und selbst zum direkten Angriff überzugehen.

"Wollen wir nicht bald ins Bett gehen?", fragte er schon zum Hauptgericht.

"Ja", war die kurze Antwort von Fiona.

Blau beeilte sich mit seinem süßen Dessert, rauschte zu Fionas Finca, ohne groß Gedanken daran zu verschwenden, daß die Mafiosi ihn auch an der Gabelung zur Hauptstrasse erwarten konnten, und schüttelte innerlich wieder den Kopf über all die dummen Don Juans, die Leporello - listen ihrer one-night-stands führten, von der Kunst und dem Genuß der Liebe offensichtlich kaber keinen Schimmer hatten.

Natürlich wurde es diesmal noch besser.

## Kapitel 20

"Warum beziehe ich die Betten eigentlich immer neu", fragte Augusta Pereira, "wenn Sie die ohnehin kaum benutzen?" Das empfand Blau nun wirklich als Angriff auf seine Intimsphäre. "Weil ich Sie dafür bezahle", beschied er sie kurz und bündig.

"Einmal werde ich noch ganz überflüssig", brummte Augusta traurig.

"Der Moment wird sicher nicht kommen", nahm Blau sie in den rechten Arm. "Im übrigen überlebt und übersteht Ihr Mallorquiner doch alles und alle. Also, wie heißt es in dem Song: *Don't worry, be happy*."

Augusta strahlte, leicht verschämt und fast versöhnt, und Blau bemerkte schuldbewußt, daß er sie in letzter Zeit zu wenig gelobt hatte.

Gegen halbzwölf war León Levêque am Telefon: "Der Japaner ist hier. Kannst Du kommen?"

"So schnell sicher nicht". Und nach kurzem Nachdenken: "Kannst Du ihm ein Stück von Gallé verkaufen?"

"Ja, ich habe vor wenigen Tagen gerade eine Vase aus Paris bekommen."

"Dann tu das. Aber mach' es in jeder Beziehung

wertvoll. Sag ihm, daß Du es speziell - auch wegen des Fluges - verpacken willst und biete ihm an, es mit Rechnung ins Hotel zu liefern. So wirst Du sicher seine Hoteladresse erfahren. Schlag ihm vor, das Paket gegen 18 Uhr im Hotel anzuliefern. Wenn Du die Hoteladresse weißt, ruf mich wieder an."

Knapp eine halbe Stunde später war Levêque wieder am Telefon. "Ich habe es so arrangiert, wie Du vorgeschlagen hast. Er wohnt im Son Vida."

"Gut, dann werde ich in der Lounge auf Euch warten. Geh mit ihm an die Bar, um noch einen Drink auf das Geschäft und die Geschäftsbeziehungen zu nehmen. Ich komme dann, wie zufällig, dazu, treffe in Dir einen alten Bekannten und Du machst mich mit Mr. Sato bekannt. Wenn wir ein bißchen miteinander warm geworden sind, kannst Du Dich zurückziehen. Einverstanden?"

"Gut, ich hoffe, es klappt so."

Alles lief wie am Schnürchen, und Blau fand sich kurz nach 18 Uhr auf dem Barhocker neben Mr. Sato und seiner reizenden jungen japanischen Begleiterin, die er als Freundin seiner Frau vorstellte.

Blau hatte während seiner Lehr- und Wanderjahre für die mütterliche Reederei genügend Zeit in Yokohama verbracht, um zu wissen, wie man japanische Geschäftspartner behandelt oder auch traktiert. Zunächst offerierte er Mr. Sato seine Visitenkarte, sie mit beiden Händen übergebend, und bekam dessen zurück, auf der sich Mr. Sato als Mr. Ito entpuppte: European President and CEO eines japanischen Automobilkonzerns.

Das erste Bier, das Blau orderte, ergab das zweite. Das zweite das dritte. Und bald, nachdem Blau kurz von seiner Zeit in Yokohama berichtet hatte, hieß es nur noch: "Kampai, Ito San." "Kampai, Blau San."

Blau fand es dann an der Zeit, japanischen Traditionen folgend, vom Bier zum Whisky überzugehen, und damit vom relativ gemächlichen Austrinken zum Trinken auf Ex.

Fortan hieß es statt "Kampai" (Prost) nur noch "Kampei" (Ex).

"Kampei, Ito San."

"Kampei, Blau San."

Nach dem dritten Whisky hatte Blau einen Namensvetter aus Japan. Und er wußte bald alles. Ito flog mit seiner süßen "Tochter" - so charakterisierte man in Japan die Funktion einer jüngeren Dame, die einen älteren Herrn begleitete und sich zu seinem Beistand zur Verfügung hielt - ab und zu von seinen Headquarters in London nach Palma, um sich gezielt und damit letztlich geschäftsdienlich zu entspannen.

Das schlechte Gewissen flog mit. So fand es Mr. Ito alias Mr. Sato immer gut für sein Ego und für seine Ehe, eine Vase von Gallé zu erwerben, um sie seiner Frau in London, die erstens älter, zweitens gebildeter war als seine "Tochter" und drittens Vasen von Gallé liebte, zu dedizieren.

Blau wußte nun, was er ohnehin geahnt hatte: Der geheimnisvolle Unbekannte war Mr. Ito alias Sato sicher nicht, sondern nur ein armer Ehekrüppel, der selbst noch in Mallorca glaubte, mit einem falschen Namen untertauchen zu müssen, um danach mit einer echten Gallé-Vase in London wieder aufzutauchen zu können.

Dennoch: Blanker Zynismus war Blaus Sache nicht. Er schluckte mit Mr. Ito, auch nachdem er alles wußte, was ihn interessiert hatte, noch zwei Bier und zwei Whiskies, hörte sich an, wie schwierig die europäischen Märkte für japanische Autos sind, wie undurchsichtig manchmal die Entscheidungen der japanischen Zentrale erscheinen, bewunderte die hübsche "Tochter" alias "Freundin seiner Frau" und hielt dabei seinen Charme bewußt in Grenzen.

Etwas traurig verließ er dann die Bar und fand sich und sein Leben doch verdammt sympathisch.

# Kapitel 21

Selbst das “Diario de Mallorca” wußte es und fand es zudem angezeigt, ja unausweichlich, es zu schreiben: “Michael Kirk ausgeraubt! Wertvolle Kunstwerke des weltbekannte Schauspieler von seinem Landgut bei Deià gestohlen.”

Die Details des Berichtes zeigten das übliche Muster: Ganz gezielt waren ganz bestimmt Kunstwerke entwendet worden, der Rest und die übrige Einrichtung waren unberührt geblieben.

Blau spürte beim Lesen Erleichterung. Also, deshalb waren Nikita und seine Kumpane nach Deià gefahren.

Was bedeutete das? Eine erste Antwort lieferte ihm ungefragt Augusta Pereira, als sie beim Frühstück gegen halbelf Uhr - mittwochs kam sie immer etwas später, wahrscheinlich, weil auch sie sich den Luxus, den Tag und das Leben einmal so anzugehen wie Señor Blau, einmal die Woche gönnen wollte - hereinstürzte: "Haben Sie das schon im “Diario” gelesen? Das mußte ja so kommen. Dieser *americano* - wie konnte er nur das ewige Licht für Catalina Homar erlöschen lassen? Nicht nur, daß es Unglück über seine Ehe mit einer Tochter Mallorcas gebracht hat, jetzt ist er auch noch ausgeraubt worden. In welchen Zeiten leben wir denn... - aber, tots sants, das mußte ja so kommen."

Blau wußte, was sie meinte. Und fand sich wieder in seiner Ansicht bestätigt, daß man Mallorca nur verstehen konnte, wenn man sich die Mühe machte, es verstehen zu wollen und damit auch seine Geschichte - zumindest grob - zu kennen.

Und zur Geschichte von Mallorca gehörte insbesondere der *Arxiduc*.

Um eine lange, romantisch-schöne Geschichte kurz zu erzählen: *l'Arxiduc*, wie die Mallorquiner 'ihren' Erzherzog Ludwig Salvator von Habsburg, einen Neffe Sissi's, der österreichischen Kaiserin Elisabeth, die ihn und damit Mallorca zweimal besuchte, nennen, war - nach Fréderic Chopin und George Sand wohl der wichtigste Inselliebhaber der Vergangenheit.

Sein relativ großes, dennoch limitiertes, wie er immer wieder feststellen mußte, Vermögen bot ihm die Möglichkeit - fast ein Jahrhundert, bevor sie zu einer politischen Bewegung wurden - auf Mallorca ein Reich der Grünen zu errichten: Die Steilküste konnte so bleiben wie sie ist - unbehelligt von häßlichen, großen Hotelbauten. Die Wälder konnten bleiben wie sie waren, und wenn Bäume krank wurden, wurden sie gepflegt. Pferde konnten alt werden und sterben, gebrechliche Hunde konnten in einer ruhigen Ecke auf ihr natürliches Ende warten - und kein Abdecker hatte die Chance, sie abzuholen.

Keinen Fremden haben die Mallorquiner so

angenommen wie den *Arxiduc*. Straßen, Plätze nach ihm benannt, seine Vorstellungen über den Schutz der Küste wurden sogar Grundlagen für staatliche Verordnungen.

Und keine hat der *Arxiduc* so geliebt - neben den Knaben, zu denen er eine natürliche Neigung hatte - wie eine einfache Mallorquinerin, ein Mädchen vom Lande: Catalina Homar. Sie war alles für ihn: Pygmalion, Muse, Managerin. Ihr Tod war ein Anlaß immerwährender Trauer, der er in einer rund 200 Seiten füllenden Lebensbeschreibung mit dem umfassenden Titel "Catalina Homar" Ausdruck gab.

Er hatte seine Trauer nicht nur in diesem Buch zu bewältigen, dessen gesamte Auflage, nebenbei erwähnt, der peinlich berührte Wiener Hof aufkaufen ließ, versucht, er hatte zu ihrem Gedenken auch ein "ewiges Licht" installieren lassen. Und nun hatte dieser *Americano*, der durch seine ganz spezielle Beziehungen dieses sehr spezielle Grundstück mit seinem Landgut hatte erwerben können, den unglaublichen Frevel begangen, das ewige Licht für Catalina Homar erlöschen zu lassen.

Nein, kein Unglück, das ihm oder seinen Angehörigen noch zustoßen konnte, hätte irgendeinen Mallorquiner verwundert. Augusta Pereira sowieso nicht.

Blau beschloß, die Sache nüchterner zu sehen. Also, die russischen Mafiosi waren noch da und sehr aktiv. Sie machten sogar vor den allerersten Adressen nicht halt und scheuten nicht einmal die Publicity, die in so einem aufsehenerregenden Fall unausweichlich war.

Die Polizei von Mallorca mußte sich nun wirklich herausgefordert fühlen.

Blau rief Juan García an:

"Wir sollten uns vielleicht mal wieder treffen. Ein bißchen kann ich übrigens zu dem jüngsten Raubzug der Russischen Mafia aus eigener Anschauung beitragen."

"Gut, um 15 Uhr auf einen ausführlichen *cafe* im Casal Solleríc?"

"Einverstanden."

García wirkte agiler als sonst. Das lässige Phlegma, das die mallorquinische Polizei im allgemeinen und er im besonderen auszustrahlen pflegten, war von ihm abgefallen.

"Also, Señor Blau, was haben Sie gesehen?"

"Nikita."

"Wer ist Nikita?"

"Also, da fängt es schon mal mit an: Ich habe den drei russischen Mafiosi, denen Ihr Zeichner dank meiner Hilfe schon mal Gesichter gegeben hat, auch Namen gegeben. Oder haben Sie schon die richtigen Namen?"

"Nein. Wie denn auch. Wir haben sie ja noch nicht. Wenn auch inzwischen verschiedene Hinweise."

"Ich habe beschlossen, ihnen Namen zu geben: Ivan, Boris und Nikita. Wenn Sie wollen, komme ich nachher mit zum Präsidium, um die Skizzen mit den Namen zu verbinden. Dann können wir einfacher kommunizieren."

"Haben Sie sonst noch jemand gesehen?"

"Ja, vorher schon mal Ivan."

"Und warum haben Sie uns das nicht gesagt?"

"Weil ich diese Begegnungen für eher zufällig hielt - was ich im übrigen bis heute noch glaube. Und weil wir bis jetzt noch nicht über unsere Konditionen gesprochen haben."

"Wollen Sie Geld?"

"Natürlich nicht."

"Was dann?"

"Ich will mein eigener Herr bleiben. Kurzum: Ich gebe Euch nur Informationen, wenn Ihr mich mit fürsorglichem Personenschutz und dergleichen - offiziell, heimlich oder sonstwie - verschont. Wenn ich ihn für notwendig halte, werde ich schon darum bitten. Aber im Moment würde er nur stören. Sind Sie mit diesen Bedingungen einverstanden?"

"Ja. Muß ich ja wohl. Im übrigen geht es ja nur um Ihr Leben."

"Gut, dann lassen Sie uns doch zum Präsidium gehen, und ich erzähle euch, wann und wo ich Ivan und Nikita gesehen habe, Nikita übrigens auf dem Weg nach Deià an dem Abend, an dem nachts Michael Kirk ausgeraubt wurde.

García blieb angespannt. Langsam wurde ihm

dieser Blau unheimlich. Immer scheinbar cool und kontrolliert, während inzwischen selbst die Polizei von Mallorca nervös wurde.

Andererseits: Sie waren bisher noch mit jedem Ansatz von Mafia fertig geworden. Und je frecher die Russische Mafia nun wurde - um so sicherer würde man sie schnappen.

Auf Mallorca waren Gott, Mafiosi und auch Racheengel immer noch Mallorquiner - und keine Russen.

## Kapitel 22

Am nächsten Morgen fand Blau seine künstlerischen Fähigkeiten voll gewürdigt. Die Zeichnungen, die nach seinen Angaben erstellt worden waren, prangten auf den Titelseiten des “Diario de Mallorca” und der “Última Hora”. Die Pseudonyme, die er den drei Meisterdieben “Ivan”, “Boris” und “Nikita” verliehen hatte, waren passend dazu gestellt.

Die mallorquinische Polizei war, wie mit Juan García am Nachmittag vorher besprochen, endgültig in die Vollen gegangen.

Den Eindruck grimmiger Entschlossenheit verstärkte eine Prämie von 20.000 Euro, welche die für Hinweise, die zur Ergreifung der Täter führten, ausgesetzt wurden. Außerdem fehlte in dem Artikel nicht der Hinweis, daß auch Betroffene, die so wieder in den Besitz ihrer Kunstwerke gelangten, und deren Versicherungen sich sicher erkenntlich zeigen würden.

Die Jagd war nun - ohne Rücksicht auf kurzfristige Imageschäden für die Insel - auf. Schließlich ging es um das höhere Ziel, Mallorca langfristig davor zu bewahren, das die Drahtzieher internationaler Kriminalität hier Fuß fassen konnten.

Blau konnte also ziemlich sicher sein, Boris,

Ivan und Nikita nicht gerade an einem so öffentlichen Ort wie der Bar Bosch wieder zu begegnen und machte es sich dort nach dem Mittagessen bequem.

Diesmal hatte er sich neben den vier üblichen Tageszeitungen alle Kunstzeitschriften gekauft, derer er habhaft werden konnte, und fand sich für einen gemütlichen, sinnlichen und besinnlichen Nachmittag gut gewappnet.

Irgendwo fühlte er sich hier auch wie im Auge des Taifuns, denn an den Tischen ringsum war an diesem belebtesten und vielleicht auch beliebtesten Treffpunkt Palmas "Die russische Mafia" - wie sie allgemein genannt wurde - eines der wichtigsten Gesprächsthemen.

Umso gelassener und auch ein wenig still vergnügt konnte Blau, der in dieser Frage nun wirklich Insider war, seine Augen wie gewohnt wandern lassen. Tatsächlich flanierten an diesem Nachmittag mehr bemerkenswerte Frauen als sonst vorüber, ließen sich neben den angenehmen Strahlen der Nachmittagssonne auch von den Blicken der Männer wärmen und kitzeln.

Eine hatte sich besonders witzig drapiert. Auf einem ziemlich durchsichtigen T-Shirt über einem sehenswerten Busen war in immer kleiner werdenden Buchstaben (wie beim Augenoptiker) zu lesen: "*Test me. Touch me. Feel me*".

Blau war in dieser Situation über drei Dinge froh. Erstens, daß er noch keine Brille brauchte. Zweitens, daß die Tische der Bar Bosch doch ziemlich eng standen, seine schlaksigen Beine etwas verschlungen arrangiert waren und beides ihn denn doch an dem starken Impuls hinderte, sofort aufzuspringen und der Aufforderung der Dame zu folgen. Und drittens darüber, daß er nun aus dem Alter heraus war, in dem er alles sofort haben mußte.

Bei diesem Gedanken fiel ihm komischerweise Fiona ein. Er fand, es war an der Zeit, ihre Beziehung in eine halbwegs geordnete Bahn zu bringen: nicht zu eng, aber auch nicht zu lasch, ein gepflegtes Verhältnis eben.

So rief er sie über Handy an, um sich mit ihr für drei Tage später zu einem kleinen Ausflug (Überraschung!) zu verabreden. Überraschung war schon deshalb angezeigt, um sich möglichst sicher, nicht überraschend zustande gekommene Begegnungen mit Boris, Ivan und Nikita zu ersparen.

Blau ging im Geiste noch einmal seine Verdächtigen durch: Der Japaner Sato/Ito ausgeschieden. Alexander Schmitz gehörte *prima facie* wohl auch nicht mehr dazu. Blieben Fiona, obwohl sein Herz das nicht glauben wollte und es bisher auch noch keinen Beweis gab, Josef Neumann und Pierre du Monteuil. Bis zur Begegnung mit blieben noch knapp zwei Wochen.

Blau beschloß, sich für heute den schwingenden Röcken der Damen und den Wogen seines Instinkts zu überlassen.

Er blätterte gerade die dritte Kunstzeitschrift durch, als er im vermischten Anzeigenteil hinten in einem kleinen Kasten auf folgenden Anzeigentext stieß: "*You are looking for a special piece of art - maybe we can help you.*" Darunter war eine Londoner Telefonnummer angegeben.

Blau spürte: Das war sehr wahrscheinlich eine wichtige Spur für seinen Fall.

Er beschloß, sich eine Runde in seinem Pool daheim verdient zu haben und verließ mit seinem Packen Zeitungen und Zeitschriften unterm Arm die Bar Bosch, seinen erneuten Ort der Erkenntnis.

## Kapitel 23

"Señor Blau, es wird immer schlimmer mit Ihnen. Sie haben schon wieder neue Zeitschriften angeschleppt, jetzt sogar Kunstzeitschriften. Und ich muß die alle wegräumen."

"Sie müssen sie nicht wegräumen. Sie dürfen es sogar nicht. Gucken Sie ganz genau hin: Die Kunstzeitschriften kommen hier auf den "heiligen Platz". Und der ist für Sie tabu."

"Na, Ihr heiliger Platz ist inzwischen eher ein heiliger Tempel. Mir kann es ja gleich sein, denn Sie müssen damit leben, wie es in Ihrem Arbeitszimmer aussieht. Ich kann nur versuchen, mein Möglichstes zu tun, es irgendwie sauber zu halten. Mehr kann ich nicht machen", verkündete Augusta mit einem tiefen Seufzer, der alle Heiligen als Zeugen ihrer guten Absichten anrief.

Denn Augusta Pereira war zutiefst davon überzeugt, daß alte Zeitungen und Zeitschriften dazu da waren, weggeworfen zu werden, während Blau darauf beharrte, daß sie zum Lesen oder gelegentlich auch zum Aufbewahren da seien.

Erst recht durfte ihm "Art Special" nun nicht verloren gehen, die Zeitschrift mit der bewußten Anzeige.

Während des Frühstücks übte er sich in der Rolle des potentiellen Kunstbesessenen. Dann wählte er die Londoner Nummer. "Art Service" meldete sich ein Mann. "Was können wir für Sie tun?"

"Nun ich habe Ihre Anzeige in Art Special gesehen und wüßte gern, welchen Service Sie bieten können?"

"Das kommt darauf an, was Sie suchen oder brauchen."

Die Art, wie der Mann sprach - der Stimme nach etwa Ende Vierzig, Anfang Fünfzig - machte mehr noch als das, was er sagte, deutlich: Da tastete jemand sein telefonisches Gegenüber ab, ohne selbst zu früh unnötig viel preisgeben zu wollen.

"Für welche Stücke welchen Künstlers interessieren Sie sich denn?"

"Für Picasso."

"Picassos Oeuvre ist, wie Sie wissen, gewaltig. Woran dachten Sie denn?"

"An die Blaue Periode."

"Die beinhaltet erstens eine größere Zahl von Werken und ist zweitens sehr teuer."

"Die Originale, sicher."

"Ich dachte", kam es etwas schmallippig durch den Hörer, "wir reden von Originalen."

"Ja, ja", beeilte sich Blau zu versichern, "natürlich reden wir von Originalen."

"Darf ich zunächst nach Ihrem Namen fragen. Ich habe ihn vorhin, fürchte ich, nur undeutlich verstanden."

"Mein Name ist Schmidt", verkündete Blau, "Paul Schmidt. Darf ich auch nach Ihrem Namen fragen?"

"Greene. Charles Greene."

Es war nur zu deutlich zu spüren: Der Mann am anderen Ende des Telefons wußte, daß Blau einen falschen Namen genannt hatte. Und er hatte genauso selbstverständlich seinen falschen Namen dagegen gesetzt. Das gehörte, hatte Blau das bestimmte Gefühl, anscheinend zu den Eröffnungszügen dieser Art von Geschäften.

"Darf ich fragen, wo Sie leben, Herr Schmidt?"

"In Hamburg."

"Nach meinem Display rufen Sie allerdings aus Spanien an." Es war klar, da wollte jemand gleich von Anfang an deutlich machen, daß man es mit einem Profi zu tun hatte.

"Ja, ich bin derzeit auch auf Mallorca und hatte einfach spontan die Idee anzurufen, als ich Ihre Anzeige sah."

"Gut. Was können wir für Sie tun?"

"Wenn ich Sie und Ihren Service richtig verstanden habe, müßten Sie zunächst wissen, um welches Kunstwerk es sich genau handelt."

"Ja, das wäre das Beste. Sonst sollten Sie zumindest wissen, um welche Art von Kunstwerk es sich handelt. Am einfachsten ist es natürlich, wenn Sie wissen, wo sich dieses spezielle Kunstwerk, dem Ihr Interesse gehört, gerade befindet."

"Und dann?"

"Und dann stellen wir eine Beziehung zwischen Ihnen, dem Kunstwerk und dem Besitzer des Kunstwerkes her. Gegen Honorar selbstverständlich. Aber dafür müßten wir uns erst persönlich von Ihrer Identität überzeugt und uns eingehender über Ihre Vorstellungen unterhalten haben. Wollen wir einen Termin vereinbaren?"

"Nein, ich kann noch nicht ganz übersehen, wie lange ich noch auf Reisen und wann ich wieder in Hamburg bin", fand es Blau nun an der Zeit auszuweichen. "Ich habe nur noch eine Frage: Ihr Service bezieht sich nicht nur auf Gemälde, sondern auch auf Skulpturen wie zum Beispiel Brancusi?"

"Natürlich, Herr Schmidt", wurde Mr. Greene nun etwas werbender und vertraulicher, hatte er beim Stichwort Brancusi wohl doch den Eindruck, es mit einem richtigen Sammler zu tun zu haben.

"Ich werde mich bald wieder bei Ihnen melden", verabschiedete sich Michael Blau alias Paul Schmidt und war ziemlich sicher, das richtige Ende des Taus erwischt zu haben.

## Kapitel 24

Er hatte kaum das Gespräch beendet, als sich Ramón Guiterrez meldete: "Die Schlagzeilen und Artikel im 'Diario' hast Du ja sicher gelesen. Bei einigen meiner Kunden hat sich auch einiges getan. Ich denke, wir sollten uns bald treffen."

Sie verabredeten sich für 14 Uhr, wieder im "Es Baluard". Sei es wegen der rechts daneben aufragenden Festungsanlage Es Baluard de Sant Pere, sei es wegen der ein paar Schritte links liegenden Kirche Santa Catalina - in diesem Restaurant fühlte man sich von beiden Welten beschützt, der kirchlichen wie der weltlichen. Und konnte sich ungestört dem vorzüglichen Essen widmen. Ja, wenn jetzt nicht die Russen gekommen wären.

"Also, langsam muß etwas passieren", begann Guiterrez ohne Umschweife, "einem Kunden von mir haben die jetzt einen Dali gestohlen, ein anderer vermißt eine Plastik von Giacometti. So kann es doch nicht weitergehen."

"Wird es auch nicht", hörte sich Blau sagen.

"Und woher willst Du das wissen?"

"Logik", erklärte Blau knapp.

Und dann ausführlicher: "Ivan, Boris und Nikita - die drei russischen Mafiosi sind nach den

Veröffentlichungen jetzt doch verbrannt. Man würde sie in jedem Hotel - ob groß oder klein - schnell identifizieren. In der Öffentlichkeit können sie sich doch kaum noch sehen lassen, ohne Gefahr zu laufen, erkannt zu werden. Kurzum: Ich glaube, daß sie mit dem relativ kleinen Boot - vier Kabinen etwa -, auf dem sie meiner Meinung nach auch gelebt haben und das wahrscheinlich in einer der kleinen Buchten der Insel geankert hat, Mallorca inzwischen bereits verlassen haben oder sehr bald verlassen werden."

"Und die Gefahr ist damit vorüber?"

"Fast im Gegenteil. Nachdem die Leute, die dahinter stehen - diese drei Mafiosi sind doch nur Handlanger - gesehen haben, wie gut ihr System funktioniert, werden sie diese Aufführung wiederholen. Nur, mit anderen Handlangern. Und sehr wahrscheinlich: das nächste Mal im größeren Stil."

"Du scheinst mehr zu wissen?"

"Wissen wäre übertrieben. Aber ich bin sicher, daß wir eine Verschnaufpause von fast zwei Wochen haben werden. Die sollten wir nutzen." Und nach einer kurzen Pause: "Wieviel von Deinen Kunden sind jetzt insgesamt bestohlen worden?"

"Vier. Einer davon hat es der Polizei gemeldet. Aber Bob Brooks verkündet überall so laut, daß sein Dali gestohlen worden ist, daß es die Polizei sicher auch bald weiß."

"Das ist unser Mann."

"Was soll das nun heißen?"

"Also, langsam habe ich eine Idee. Komm, laß uns erstmal in Ruhe unsere *Llom de menet farcit amb albergines i sobrassada*, mit Auberginen und Sobrassada gefüllte Lammfilets, genießen und über gemeinsame Bekannte quatschen, bis zum Dessert habe ich wahrscheinlich einen Plan."

In der Tat, Blaus Idee hatte während des Essens die Konturen eines Plans angenommen.

"Offensichtlich steckt hinter den Einbrüchen ja System. Und ich glaube folgendes: Man ordert bei einer Agentur gewissermaßen die Bilder oder Kunstwerke, die gestohlen werden sollen, und erhält sie dann gegen ein gewiß nicht kleines Honorar. Die Einbrecher - in unserem Fall die Russen - sind nur die Ausführenden, gewissermaßen die Agenten dieser Agentur."

"Und wer soll diese Agentur sein?"

"Ich habe da einen Verdacht, vielleicht eine heiße Spur. Es gibt eine Agentur in London, die sich 'Art Service' nennt. Und die scheint auf diese Art von Geschäften spezialisiert."

"Also, daß es solche Geschäfte geben soll, habe ich auch schon munkeln hören", brummte Ramón Guiterrez, während er genüsslich seine Gratinierten Walderdbeeren mit Limonencreme löffelte. "Es macht auch Sinn und paßt in unseren Fällen nur zu gut."

"Eben. Jetzt müssen wir es nur noch beweisen. Und in diesem Zusammenhang habe ich an Deinen Kunden Bob Brooks gedacht."

"Wieso?"

“Der ist doch offensichtlich stocksauer.”

“Sauer ist gar kein Ausdruck. Der wütet. Der würde alles dafür tun, die Diebe zu schnappen und seinen Dali wieder zu bekommen.”

“Auch, sich noch einmal bestehlen zu lassen?”

“Du meinst, wir sollen versuchen, denen eine Falle zu stellen?”

“So ist es.”

“Ist das nicht etwas riskant?”

“Wir werden natürlich die Polizei von Mallorca einweihen und einbeziehen. Ich informiere Juan García, wenn unser Plan im Prinzip steht.”

Blau beschloß sich zum Nachspülen des Flan gratinat noch einen Rosé zu gönnen, winkte dem Kellner und ermunterte Ramon: “Am besten rufst Du Mr. Brooks gleich an. Dann können wir das Weitere mit ihm direkt besprechen.”

Guiterrez benutzte das Telefon des Restaurants. “Ich habe ihm Deinen Plan kurz skizziert. Er brennt darauf, sich zu revanchieren. Wenn es Dir recht ist, sollen wir gleich zu ihm rauskommen auf seine Yacht in Puerto Portals.”

“Nun gut. Wir haben keine Zeit zu verlieren." Und etwas leiser und ein wenig komplizenhaft Guiterrez zulächelnd, fügte er hinzu: “In Puerto Portals gibt es ja immer was zu sehen.”

## Kapitel 25

In Puerto Portals war es wie immer: die knackigsten jungen Mädchen auf den größten Yachten, die das Mittelmeer zu bieten hat - mit den ältesten Eignern.

Manche fanden dieses protzige Treiben vulgär, manche amüsant. Bei Blau hing es von seiner Stimmung, daß heißt vom Stand der Sonne, von der Güte seines Weins und natürlich von seinem jeweiligen Blickwinkel ab, ob er Puerto Portals vulgär oder amüsant fand.

Als Guiterrez ihm Bob Brooks vorstellte, beschloß er, sich mit einer guten Stimmung zu wappnen.

Das Schiff war ziemlich grell, Bob Brooks reichlich laut und Blau gleich etwas indigniert.

Nach den üblichen Begrüßungsfloskeln - begleitet von einem gut gekühlten Champagner - skizzierte Blau kurz seine Idee von dem System der Kunstdiebstähle und wie dem beizukommen sei.

Er hatte noch nicht geendet, als ihn Brooks unterbrach:

“Sie sind engagiert.”

“Hier liegt, fürchte ich, ein Mißverständnis vor, Mr. Brooks”, entgegnete Blau so kühl und zugleich so freundlich, wie er das konnte, “ich engagiere mich selbst für was und wen ich möchte. In diesem Fall helfe ich Ihnen gern, weil es Zusammenhänge zu einer anderen Angelegenheit gibt, bei der ich den Auftrag, weitere Recherchen anzustellen, gern akzeptiert habe."

Brooks Augen weiteten sich, er schluckte kurz, ging dann aber relativ ungerührt wieder zum Thema über: “Also, was soll ich tun, um diese verdammten Gangster zu fassen?”

“Haben Sie noch ein Kunstwerk, das Sie sich zum Schein stehlen lassen könnten?”

“Natürlich. Der andere Dali hängt schon wieder über dem Kamin. Ein Bob Brooks läßt sich von solchen Typen doch nicht in seiner Lebensqualität beeinträchtigen.”

Zu seiner Überraschung begann Blau dieser Brooks doch etwas sympathisch zu werden.

“Bravo. Dann brauchen wir nur noch jemand, der den Auftrag erteilt, diesen Dali auch zu klauen.” Und nach einer kurzen Pause, die jetzt eintrat, fügte Blau hinzu: “Kennen Sie nicht jemand - vielleicht eine Frau, die sind in solchen Sachen meist mutiger -, der die Chuzpe hat, mit dem System zu verhandeln und den Auftrag zu erteilen, Ihren anderen Dali zu klauen?”

Brooks dachte kurz nach und sagte dann: “Yvonne Fabry. Sie kennt sich mit solchen Typen aus, hat selbst genug Geld, um den entsprechenden Eindruck zu machen. Und außerdem gehörten ich und meine Jungs immer zu ihren besten Kunden.”

Blau hatte den bestimmten Eindruck, den Kern dieser Aussage zu verstehen, sich die Details aber besser später von Guiterrez, der genauer zu wissen schien, wovon die Rede war, erklären zu lassen.

"Gut, dann sollten wir uns bald mit Madame Fabry zusammensetzen."

Brooks entfernte sich kurz, hatte offensichtlich mit Yvonne Fabry telefoniert und schlug dann vor: "Was halten Sie davon, wenn wir uns gegen 22 Uhr wieder auf meinem Boot treffen? Ich lasse ein paar Kleinigkeiten vorbereiten. Hier redet es sich doch am ungestörtesten."

Blau und Guiterrez waren einverstanden. Im Cappuccino von Puerto Portals ließ sich Blau dann noch kurz erklären, was er ohnehin vermutet hatte: Madame Fabry, recht vermögend, war die Besitzerin verschiedener Edelbordelle und kontrollierte zudem - gewissermaßen aber nur noch als Aufsichtsrat tätig - einen internationalen Callgirlring. Das Wichtigste jedoch - und das konnten ältere Kunden auch bezeugen: Sie hatte diesen Aufstieg aus eigener Kraft und eigenem Können geschafft.

## Kapitel 26

Als Blau kurz nach 22 Uhr die "Success I" enterte, verkündete ihm ein herrisches Kläffen, daß Madame Fabry bereits eingetroffen war. *"Toutou, tais toi"*, schnurrte nur scheinbar drohend eine whiskyerfahrene Stimme.

In der Tat: Madame Fabry verkörperte voll das Klischee, das man in einem solchen Fall erwartete. Aber, ließ Blau für einen kurzen Moment seine philosophische Ader zu, es war ja auch das Geheimnis ihres Erfolgs, daß sie Erwartungen erfüllte.

Konkret hiess das: Madame Fabry hatte sich inzwischen üppig ausladende Formen gestattet, die auch oder gerade in dieser Überbetonung durchaus einladend wirkten. Toutou, ein niedlich aggressiver Malteser, sorgte für den belebenden Kontrapunkt.

"Junger Mann, rücken Sie doch an meine Seite, hier auf dem Bänkchen ist noch genug Platz."

Blau mußte sich kurz daran erinnern, daß er vor nichts Angst hatte - und vor allem vor keiner Frau. Und er beschloß: Dieser Abend würde amüsant werden - und erfolgreich.

Wie nicht anders zu erwarten: Kaviar, natürlich nur die feinere Sorte, gab es aus gut gefüllten

Dosen, Champagner satt und jede Menge vorzügliche Canapés.

"Junger Mann", begann Madame Fabry mit unverhohlener Freude an dieser Formulierung den ernsteren Teil der Unterhaltung, "was kann ich im einzelnen für Sie tun?"

"Nun, ich versuche nur die Wünsche von Mister Brooks zu artikulieren", bemühte sich Blau dagegen zu halten.

"Aber, das konntest Du doch immer selbst, Bob Chéri", schnurrte Yvonne Fabry. "Ich erinnere mich jedenfalls gut daran."

"Chéri", versuchte Bob Brooks ihre erinnerungsseligen Gedanken in die Gegenwart überzuleiten, "Du sollst mich beklauen lassen."

"Aber Du hast mir doch immer alles freiwillig gegeben - in welcher Form auch immer."

"Genau. Und deshalb denke ich, daß Du es mir schuldig bist, mich bestehlen zu lassen. Mister Blau, erklären Sie es ihr bitte."

Blau konnte sich kurz fassen. Denn Madame Fabry begriff die Zusammenhänge sofort.

"Gut, ich werde diesen Mr. Greene aus London kommen lassen, ihm erzählen, daß Dein Dali über Deinem Kamin mir besonders gefällt und ich außerdem noch ein besonderes Hähnchen mit Dir zu rupfen habe."

"Und wie erklären wir Mister Greene, daß Mister Brooks zum zweiten Mal bestohlen werden soll?", fragte Blau, dem plötzlich doch noch

Zweifel an der Richtigkeit seiner Strategie überkamen.

"Aber das erklärt sich doch von selbst", ließ Yvonne Fabry ihren Bariton ertönen. "Schauen Sie sich doch Bob nur an. Er ist ein richtiger Dreckskerl. Und er hat in der Art, wie er seine Immobiliengeschäfte hier macht, schon so einigen Leuten auf die Füße getreten."

Offensichtlich war das zu diesem Zeitpunkt und durch den Ton, in dem Madame Fabry ihr Statement abgab, der Witz der Saison.

Jedenfalls schütteten sich Bob Brooks, Yvonne Fabry und Ramón Guiterrez - wenig verkrampft - fast aus vor Lachen.

Danach verkündete Bob Brooks streng: "Und nun ziehen wir ins Richi's."

Madame Fabry, die bereits einen gefährlichen Grad guter Laune erklommen hatte, konnte sich nicht verkneifen, Blau zu fragen: "Sie kommen doch mit, junger Mann? Oder hat Mammi gesagt, daß Sie immer um ein Uhr im Bett sein müssen."

Blau fiel dazu ausnahmsweise gar nichts ein. Er trottete brav hinter her, war froh, daß sie in dieser In-Bar einen recht guten Tisch zugewiesen bekamen, nahm insgesamt drei Drinks, schaute sich die zuckenden Leiber der Playgirls an, die etwas verkrampft lockeren Bewegungen der dazu gehörigen Spieljungen oder Spielmänner und freute sich darauf, am Nachmittag Fiona zu treffen.

## Kapitel 27

Der Abschiedsgruß der Russischen Mafia fiel angemessen aus: "Unbekannte Leiche bei Cap Blanc angeschwemmt", meldeten das 'Diario' und die 'Última Hora' unisono.

Als Blau diese Nachricht zum Frühstück konsumierte, beschloß er gleich, Juan García anzurufen: "Ich glaube langsam", begann er gutgelaunt, "daß Ihr die Russische Mafia selbst engagiert habt, um systematisch die Kleinkriminalität auf Mallorca auszurotten."

"Señor Blau", antwortete García jedes Wort betonend, "ich glaube nicht, daß sieben Jahre auf Mallorca schon dazu legitimieren, Scherze auf Kosten der mallorquinischen Polizei zu machen."

Blau verstand, dachte sofort daran, in welche Gesellschaft er in der vergangenen Nacht geraten, und daß seine Sensibilität für *do's* and *dont's* offensichtlich etwas in Rutschen geraten war.

"Señor García, ich fürchte, Sie haben recht. Aber ich kann Satisfaktion bieten. Ich glaube, eine heiße Spur zu dem System entdeckt zu haben, das hinter all dem steckt."

"Welche?"

"Das läßt sich schwer am Telefon erklären.

Wollen wir uns morgen um 15 Uhr wieder im Casal Solleric treffen?"

"Hat es so lange Zeit?"

"Ich denke schon. Die russischen Mafiosi haben mit Hinterlassung der zweiten Leiche doch offensichtlich selbst die Insel verlassen. Oder seht Ihr das anders?"

"Nein. Das sehen wir genau so."

"Also. Dann bis morgen."

"Einverstanden."

Schließlich war er am Nachmittag mit Fiona verabredet.

"Ich dachte schon, Du würdest mich versetzen", empfing ihn Fiona.

"Wieso?"

"Ja, immer, wenn eine Leiche angeschwemmt wird, vergißt Du mich doch völlig."

"Du wirst sicher wieder eine beispielhafte Ehefrau werden."

"Ja?" fragte Fiona, nur bedingt hoffnungsvoll.

"Auf jeden Fall kannst Du jetzt schon maßlos übertreiben."

Ein zärtlicher, Abbitte leistender Kuß von Fiona brachte die Welt für beide wieder in Ordnung.

Nach den Gärten (Jardins d'Alfàbia), der Kunstgeschichte (Chopin, Sand und die Kartause von Valldemossa) und dem Meer (Port de Valldemossa), dachte Blau, waren nun die Berge dran, um den Reichtum und die Schönheit Mallorcas zu demonstrieren. So hatte er die beiden malerischen Bergdörfer Biniaratx und Fornalutx, zudem nicht weit von Fionas Zuhause auf den Bergen um Sóller gelegen, diesmal zum Ausflugsziel erkoren.

Romantik war garantiert. Und Fiona schnurrte wie eine sich behaglich fühlende, gerade deshalb aber langsam Appetit bekommende Katze, als sie beide, Fiona immer wieder eng an ihn geschmiegt, durch die Straßen beider Dörfer schlenderten. Das alte Kopfsteinpflaster, das beruhigende Ocker der Häuser aus dem Naturstein der umliegenden oder besser umragenden Berge, das im Widerschein der Steine zugleich den Stand der Sonne widerspiegelte, und nicht zuletzt die vielen Blumen, ließen das Auf und Ab der Treppen dieser Dörfer zu einem sinnlichen Erlebnis für Beine, Augen und Nase werden.

Mund und Magen sollten natürlich auch nicht zu kurz kommen. So hatte Blau diesmal das Restaurante Ca'n Antuna eingeplant. Neben einem herrlichen Ausblick über das romantische Tal mit seinen Orangenplantagen gab es dort ein vorzügliches *Lechonita al forn*, Milchspanferkel aus dem Ofen.

Blau empfing das verdiente Kompliment. "Du bist wirklich der ideale Führer in Neuland - welches es auch immer sein mag", pointierte Fiona Anerkennung und Ansporn in einem Satz.

Blau genoß es. So machte das Leben doch wirklich Spaß. Und der Fall Gallé? Erstens würde er ihn schon lösen. Und zweitens: Wieviel interessante und im konkreten Fall auch lustvolle Begegnungen hatte er ihm nicht bereits gebracht?

Fiona hätte ihn gar nicht daran erinnern müssen, daß es aber noch erheblichen Erklärungsbedarf gab. Aber sie tat es. Indirekt.

"Warum hat Dich diesmal die angeschwemmte Leiche eigentlich nicht weiter beschäftigt?"

"Weil ich ein Mann bin und offensichtlich nicht der weiblichen Logik unterworfen, die da lautet: Beschäftigt einen Mann einmal eine angeschwemmte Leiche, muß ihn in Zukunft jede angeschwemmte Leiche beschäftigen."

"*Touché*", knurrte Fiona, "aber vielleicht hättest Du trotzdem die Güte, mir das Ganze einmal ausführlicher zu erklären."

"Also: Beim vorigen Mal habe ich der Polizei erläutert, daß ich den Mann, der dann als angeschwemmte Leiche in der Zeitung zu besichtigen war, kurz vorher mit drei seltsamen Typen, diesen drei russischen Mafiosi eben, die später ja auch über die Zeitungen gesucht wurden, gesehen habe. Ich dachte, das wäre für die Polizei wissenswert und neu. Und das war es ja auch. Diesmal hatte ich im Zusammenhang mit der Leiche nichts beizutragen, was für die Polizei neu wäre."

Blau war mit seiner Erklärung sehr zufrieden. Er hatte kein unwahres Wort gesagt und jedes falsche vermieden.

Doch Fiona hakte nach: "Hinter den Polizei-Zeichnungen der drei russischen Mafiosi steckst Du also auch? Man muß sich ja direkt vor Dir in acht nehmen", lächelte sie, zugleich beeindruckt und spöttisch, "wenn Du so einen direkten Draht zur Polizei hast."

"Nur, wenn man Grund dazu hat", grinste er spitzbübisch. "Im übrigen habe ich Dir das alles im Prinzip schon bei dem wundervollen Dinner bei Dir erzählt. Aber da warst Du wohl, sehr zurecht, auf Wesentlicheres konzentriert."

"Wie schmeckt Dir eigentlich das *Lechonita*?"

"Sehr gut."

"Und was macht Dein Schwimmbadbau. Wie kommt Ihr voran?"

"Nun, Ingenieur Neumann hatte die Idee, das Schwimmbad so in den Berg und auf das Grundstück zu setzen, daß man beim Schwimmen das Gefühl hat, in das am optisch verkürzten Horizont liegende Meer zu schwimmen. In drei Wochen soll alles fertig sein."

"Scheint toll zu werden. Aber es dauert sicher länger. Auf Mallorca dauert eigentlich alles immer länger, als man vorher denkt."

"Das habe ich auch schon gehört. Aber das müßte der Herr Neumann doch wissen."

"Erstens gewöhnen sich manche nie richtig ein. Zweitens will er Dich diesen Lernprozeß wahrscheinlich auch am eigenen Leibe erleben lassen. Und drittens: Man muß halt Termine verabreden, erst recht, wenn man weiß, daß sie nicht eingehalten werden. Was ist denn dieser Herr Neumann aus Deiner Sicht für ein Typ?"

"Sehr zurückhaltend. Wir haben uns einmal auf eine Tasse Tee zusammen gesetzt. Von sich persönlich hat er nichts preisgegeben. Wir haben uns eigentlich nur über den Bau des Swimmingpools unterhalten."

"Aber Deine Gallé-Sammlung hat er doch sicher bewundert?"

"Nein, er schien sie nicht einmal zu bemerken."

Blau war alarmiert.

Er entwickelte sein charmantestes *Parlando* - über die wunderbare Aussicht, über den besonders lauen und lauschigen Abend, wie Fiona im Licht der Kerzen immer schöner und jünger werde -, während er scharf nachdachte.

Es gab nach dieser Antwort eigentlich nur zwei Möglichkeiten: Entweder Fiona steckte mit Neumann unter einer Decke, und beide hatten in Sachen Gallé etwas zu verbergen.

Oder: Neumann wollte sich auf keinen Fall als Gallé-Sammler dekuvrieren und Fiona war dann ein nächstes potentielles Opfer.

Opfer oder Täter - während der Nacht fand es Blau doch sehr befriedigend, daß ihnen beiden beide Varianten zur Verfügung standen.

## Kapitel 28

Als am nächsten Morgen das Telefon klingelte und er zunächst nur ein Kläffen hörte, wußte Blau: Das war Madame Fabry. "Ich bin übermorgen nachmittag bei mir mit Mister Greene verabredet. Was muß ich im einzelnen beachten?"

"Erstens: Das Wichtigste ist, daß deutlich wird - am Anfang sicher erst vorsichtig ausgedrückt, am Ende aber umso klarer von Mister Greene verstanden und bestätigt -, daß der Dalí bei Bob Brooks gestohlen werden soll."

"Gut. Also erstens: klarer Klau."

"Zweitens: Stellen Sie fest - und das wird, wenn Punkt 1 klar ist, sicher sehr deutlich werden -, wie deren Konditionen sind."

"Ich notiere. Zweitens: Wieviel Kohle? Wann?"

"Drittens: Versuchen Sie, einen möglichst engen Zeitraum festzulegen, in dem die Anlieferung erfolgt. Mister Greene wird Ihnen kaum auf den Tag oder die Nacht genau voraussagen, wann der Einbruch erfolgt. Aber versuchen Sie - ohne, daß er zuviel Druck verspürt -, den Zeitraum in möglichst naher Zeit festzulegen."

"Also drittens: Wann etwa Bruch? Gut, alles klar, Honey", dröhnte Yvonnes Bariton durchs

Telefon und Blau wußte nicht so recht, ob er sich nicht etwas auf den Arm genommen fühlen sollte. Andererseits ertappte er sich dabei, daß er nun langsam gern etwas mehr über diese unermüdliche Kämpferin für die gute Sache erfahren wollte.

Juan García war deutlich schlechter Laune, und Blau fand es an der Zeit, einmal auszuprobieren, inwieweit er auch über seelsorgerische Qualitäten verfügte.

"Wenn Ihr das recht überlegt, habt Ihr doch die Russische Mafia in die Flucht geschlagen."

"Unter Hinterlassung zweier Leichen und unter Mitnahme des Diebesgutes von drei Einbrüchen. Und das ist nur die offizielle Variante, wie wir beide wissen."

"Das mit der Mitnahme bezweifle ich übrigens. Ich bin inzwischen fast sicher, daß es sich um Auftragsdiebstähle handelt und daß einige der Auftraggeber, zumindest zeitweilig, auf Mallorca zuhause sind und deshalb ein Teil der Kunstwerke bei den Auftraggebern abgeliefert worden ist. Also noch auf der Insel ist."

"Und wie kommen Sie darauf?"

Blau begann mit der Präzision, mit der diese Diebstähle durchgeführt und offensichtlich vorbereitet worden waren, kam zu der Anzeige im 'Art Special', erzählte von seinem Telefonanruf, seinem Plan, dem System eine Falle zu stellen, und dem jüngsten Telefonanruf von Yvonne Fabry.

"Señor Blau", gewann García wieder etwas seinen Humor zurück, "ich verstehe jetzt Ihren Plan: Sie wollen nicht bei der Polizei von Mallorca anfangen, Sie wollen sie mit einer friedlichen Übernahme kassieren."

Blau lächelte zufrieden, beglückt, daß sich auch seine seelsorgerischen Fähigkeiten bewährten, und glücklich über die Aussicht, neben der Polizei nun auch in der Kirche eine Alternative zu haben.

In seinen Hang zum gedanklichen Übermut platzte die präzise Nachfrage von García "Wie wollen wir das nun im einzelnen angehen?"

"Wenn Mister Greene aus London eintrifft, macht bitte überhaupt nichts. Er ist sicher ein Profi und würde jede Art von Überwachung wahrscheinlich registrieren. Ihr könnt höchstens, wenn er weg ist, ganz unauffällig feststellen, wo er gewohnt hat. Wahrscheinlich in einem eurer noblen Luxusschuppen."

"Gut. Das sehe ich im Prinzip genauso."

"Die Sache geht erst richtig los, wenn Madame Fabry mit ihm gesprochen und ihm den Auftrag erteilt hat. Danach setzen wir uns wieder zusammen, und besprechen alles im Detail, insbesondere wie die Überwachung der Villa von Bob Brooks in Camp de Mar organisiert wird. Dazu müssen wir uns natürlich auch mit Mister Brooks treffen."

"Und Madame Fabry wollen Sie allein ihrem Schicksal überlassen."

"Die wird schon mit Mister Greene oder wie auch immer er in Wirklichkeit heißen mag, fertig.

Außerdem hat sie janoch Toutou, ihr blutgieriges Malteserhündchen."

"Ach ja. Diesem essentiellen Punkt Ihres Berichts habe ich wohl nicht die notwendige Aufmerksamkeit beigemessen."

García verabschiedete sich leicht grinsend, aber auch achselzuckend.

Auch Blau hatte wieder ganz prächtige Laune. Das lag wahrscheinlich an den Nachwirkungen der vergangenen Nacht. Oder an dem Straßenmusikanten, der auf dem Passeig d'en Borne sein Saxophon so *swinging* und diesmal gar nicht elegisch locken ließ.

## Kapitel 29

"So, Mister Greene ist weg. Alle Punkte abgehakt. Aber das willst Du sicher genauer wissen, Honey. Traust Du Dich denn in die Höhle der Löwin?"

Das Haus der Madame Fabry entpuppte sich als Hort der Herzen. Herzförmige Kissen auf den Couches, die in Form eines weiten, geöffneten Herzens angeordnet waren, ein großer herzförmiger Swimmingpool, an dem "Toutou" mit einem herzförmigen Pompon auf dem Köpfchen herumsprang und herumkläffte. Und - Blau hatte nicht den geringsten Zweifel - wenn er den Wunsch hätte erkennen lassen, das Schlafzimmer von Madame Fabry zu sehen: Ihr Bett hätte sicher die Form eines Herzens gehabt.

Sie selbst signalisierte ihre guten Absichten zwiefach: Ihr beträchtliches Dekolleté schmückte an einer unscheinbaren Kette ein Brillantherz mit bemerkenswert großen Steinen und zwischen ihren Brüsten baumelte ein Kreuz - ebenfalls aus dicken Brillanten.

Zur Begrüßung gab es - wie bei Fiona - Veuve Cliquot. Bei Yvonne Fabry allerdings einen Jahrgangschampagner. Sicherlich auch, weil sie damit eine gewisse Distanz zu früheren Zeiten herstellte, als sie noch nicht den Jahrgang des Champagners bestimmen konnte, sondern ihr Jahrgang bestimmte, daß sie einen Champagner erhielt.

"Na, Honey, wie gefällt es Dir in meiner Höhle?"

"Sehr gemütlich", antwortete Blau mit einem Blick auf die schweren Samtvorhänge, ohne sich verstellen zu müssen.

"Also, dieser Mister Greene ist ja mal ein eiskalter Fisch. Äußerlich eher ein unscheinbares Männchen, aber jemand, der weiß, wie man Leute unter Druck setzt."

"Und was habt Ihr verabredet?"

"Er läßt den Dalí über Bobs Kamin klauen. Da mußten wir, nachdem er hier reingekommen ist und mich kennengelernt hatte, auch nicht lange rumreden."

"Und was kostet der Spaß?"

"Insgesamt 600.000 Pfund. Über 100.000 Pfund mußte ich ihm gleich einen Scheck ausschreiben. Der Rest ist fällig, wenn ich das Bild bekomme."

"Wie kommt er gerade auf 600.000 Pfund?"

"Sein Honorar - oder vielmehr das Honorar seiner Hintermänner, er ist sicher nicht der Boss der Agentur - beträgt die Hälfte des Wertes des Kunstwerkes - und sie schätzen den Dalí auf 1,2 Millionen britische Pfund."

"Zeitpunkt der Anlieferung?"

"Innerhalb der nächsten vier Wochen. Das hat

er mir, ohne daß ich sehr nachfragen mußte, zugesagt. Ich habe ihm mit Hilfe von zwei Karten genau beschrieben, wo die Villa von Bob Brooks liegt. Er hat natürlich gemerkt, daß ich mich in der Szene ein wenig auskenne."

"Und deshalb Vertrauen geschöpft?"

"Ich denke schon."

Und nach einer kurzen Pause: "Honey, schenk uns doch noch ein bißchen Schampus nach. Hast Du eigentlich eine feste Freundin?"

"Von Zeit zu Zeit."

"Ja, so hatte ich Dich auch eingeschätzt. Du bist ein besonders treuer Untreuer."

"Ja. Hübsch ausgedrückt."

"Also: Wenn Du in den Zeiten dazwischen mal etwas brauchst: Ich habe sicher zum jeweiligen Zeitpunkt ein passendes Mädchen für Dich: Engel auf Abruf, Biester auf Bestellung, Muntere für Müde, Laszive für Macher und so weiter."

"Und ich dachte: Dummchen für Dösige."

"Nee, Kleiner, die landen erst gar nicht bei mir. Die werden vorher geheiratet."

Die Stimmung, die sich zwischen beiden entwickelte, hätte man als sympathiegetragene Melancholie beschreiben können. Yvonne Fabry ging zu schottischem Whisky über. Blau begann sich etwas zu fürchten, dachte über einen Aufbruch in *"due time"* nach, hielt anstandshalber noch mit zwei spanischen Cognacs mit und verabschiedete sich schließlich mit einem gekonnten Handkuß.

Dann nahm er den Weg zu einer angenehmen Bar mit einem Blick auf einen Teil des Hafens von Palma.

Auf seinem Barhocker träumte er sich bald - es war inzwischen dunkel geworden - in die Lichter des Hafens und der Schiffe.

Nach einem weiteren Cognac ertappte er sich dabei, daß er einen schottischen Malt-Whisky mit einem Kännchen ebenso schottischen Brunnenwasser orderte.

Dann zahlte er und setzte sich auf eine Bank am Kai, weil er plötzlich das dringende Bedürfnis hatte, seine Mutter in Hamburg anzurufen. Sie freute sich sehr.

## Kapitel 30

Beim Rasieren am nächsten Morgen wußte Blau instinktiv: Der Moment war da. Der Moment, wieder Bilanz zu ziehen, und der Moment, dem Kern seines Falles den entscheidenden Schritt näher zu kommen. Blau beschloß über Mittag wieder seinen Denkplatz "La Reserva Rotana" in Manacor aufzusuchen.

"Seit wann haben Sie das denn nötig?", störte ihn Augusta Pereira in seinen Vorüberlegungen.

"Was nötig?" reagierte Blau unwirsch.

"Na, Ihr Sakko riecht nach einem ungewohnt schweren und eindeutigen Parfüm."

"Augusta, wenn Sie unbedingt jemanden erziehen wollen, dann versuchen Sie es doch bei Ihrer Tochter."

Augusta Pereira seufzte schicksalsergeben, denn Blau hatte ihren wunden Punkt getroffen.

Und daß er es tat, war eigentlich, das wußte sie auch, keine böse Absicht. Es lag an der Ungleichzeitigkeit dieses Morgens. Augusta Pereira war schon sehr wach und sehr gutgelaunt. Blau war noch gar nicht richtig wach und wußte folglich auch noch nicht, welche Laune er hatte.

Das klärte sich während der Fahrt. Er fand

schnell einen Radiosender, der sich am späten Vormittag den Luxus leistete, Songs einer Eartha Kitt, einer Dionne Warwick und die textlich intelligenteren Stücke von Frank Sinatra zu spielen. Seine Laune stieg mit jedem Kilometer, den sein Wagen dem *country hide-away* entgegen fuhr.

*Sophisticated songs* als Einstimmung auf *sophisticated things* - Blau war es zufrieden.

Diesmal entschied er sich nach einer Gazpacho von gelben Tomaten für die Wilddorade im Fenchelbett als Hauptgericht. Dazu einen kühlen Verdejo von Avelino Vegas. Die Sonne im romantischen Patio tat ein übriges: Sie schuf das Gefühl einer angenehm warmen Hängematte, auf der Blau seine Gedanken schaukeln ließ, bis er sie dann entschlossen versammelte.

Eins war seit dem Gespräch mit Madame Fabry - genauer seit dem Gespräch von Madame Fabry mit Mister Greene - klar: Es gab eine Organisation, die Kunstdiebstahl auf Bestellung erledigte.

Nach diesem Schema waren wahrscheinlich die Kunstdiebstähle auf Mallorca erfolgt, nach diesem Muster war die Gallé-Sammlung der Krämers gestohlen worden.

Die Frage, die Blau sich im Zusammenhang mit seinen Überlegungen zu Josef Neumann gestellt hatte: 'Wie war er in Kontakt zu der Russischen Mafia gekommen?' war jetzt - zumindest theoretisch - geklärt. Das Ganze hatte jetzt eine vorstellbare, eine realistische Dimension. Oder, logisch gegliedert, wie Blau sich die

Dinge gern zurecht legte, die Frage nach dem "Wie" war beantwortet.

Blieben die Fragen "Wer" und "Warum". Blau hatte genügend Kriminalromane gelesen, um zu wissen, daß Täter und Motiv gewöhnlich zwei Seiten einer Medaille sind.

Theoretisch hatte er noch vier Verdächtige: Alexander Schmitz, Fiona, Pierre du Monteuil und Josef Neumann. Als Hauptverdächtige betrachtete er im Moment aber nur die letzten beiden. Und bei beiden erwies sich die Antwort auf die Frage nach dem Motiv als besonders schwierig.

Beide hatten eine gesellschaftliche Stellung zu verlieren, wenn bekannt werden würde, daß sie Auftraggeber eines Kunstdiebstahls waren. Neumann hatte zudem auch erhebliche wirtschaftliche Einbußen zu befürchten. Und beide hatten es anscheinend auch nicht nötig, wegen 500.000 Euro so viel zu riskieren.

Da kam eigentlich eher Alexander Schmitz infrage, der seinen Sinn fürs Materielle als persönliches Gebetbuch ständig vor sich her trug.

Blau brütete noch ein wenig, bis er beim Digestiv plötzlich eine Erkenntnis unausweichlich fand: Der Schlüssel lag in der Sammlung selbst.

Die Krämers wußten offensichtlich recht wenig über ihre Sammlung und damit über die Besonderheiten der Stücke von Gallé.

Gut, Blau hätte sein Buch über Gallé endlich lesen können. Das hätte ihn zwar etwas klüger, aber keinesfalls zu einem Experten gemacht.

Nein, jetzt er mußte einen richtigen Gallé-Experten auftun.

Und das vor der Einladung bei Pierre du Monteuil. In nunmehr acht Tagen.

# Kapitel 31

Blau fuhr rasch zurück in seine Finca, machte sich einen chinesischen Grüntee mit einem Hauch Jasmin und vertiefte sich in die Bibliographie seines Buches über Gallé. Er wurde schnell fündig. Am meisten zitiert wurde ein Dr. Bernd van Rees von der Glassammlung in Düsseldorf.

Nach kurzem Nachdenken fiel ihm sein Namensvetter ein: Siegfried Blau. Weder verwandt noch verschwägert, wie sie leicht festgestellt hatten. Siegfried Blau kam aus Düsseldorf, kannte sich in der Kunstszene dort gut aus und hatte vor einigen Jahren eine Galerie in Palma eröffnet.

Michael Blau fand das einen guten Anlaß, wieder einmal durch die Gassen der Altstadt zu schlendern, war aber kurz nach Öffnung der Galeria Blau um 17 Uhr zu Stelle.

Er kam schnell zu Sache:

"Kennst Du Dr. Bernd van Rees in Düsseldorf?"

"Aber klar doch. Er ist ein guter Bekannter - Schrägstrich - Freund von mir."

"Ich brauchte dringend seinen Rat. Er ist doch, so viel habe ich schon herausgefunden, ein großer Experte in Sachen Emile

Gallé. Und mit dem beschäftige ich mich aus einem bestimmten Anlaß derzeit intensiv."

"Ich kann ihn gern anrufen und auf Dich einstimmen."

"Eigentlich macht es ja keinen Unterschied, ob ich nach Düsseldorf fliege oder er nach Palma kommt. Seine Flugkosten würde ich natürlich übernehmen. Vielleicht hat er ja Lust, nach Palma zu kommen. Frag ihn doch mal."

Siegried Blau blätterte mit offensichtlichem Spaß in seiner Kartei und hatte rasch Bernd van Rees am Hörer: "Bernd, welch ein Vergnügen, Dich gleich zu erreichen. Wir brauchen dringend Deinen Rat. Es geht um Gallé. Willst Du Dein Expertenwissen im Düsseldorfer Regen unter Beweis stellen oder in Palma bei strahlender Sonne?"

Die Reaktion fiel wie erwartet und gewünscht aus, und nach einigem Hin und Her und genießerischem Gefrotzel stand fest: van Rees würde sein Wochenende opfern und am späten Samstagvormittag eintreffen.

Michael Blau hatte das Gefühl, nun wirklich voranzukommen.

Siegfried Blau fügte noch hinzu: "Bernd van Rees weiß nicht nur sehr viel, er ist auch ungeheuer amüsant - zumal er einen etwas skurrilen Humor hat."

Und Michael Blau war wieder mit sich und der Welt einverstanden. Mit seiner Rolle auf Mallorca, mit dem Fall Gallé, mit dem

Amüsement und den Aufregungen, die dieses Detektivspiel mit ernstem Hintergrund bereits geboten hatte und noch zu bieten versprach, und mit der Einladung zu einem Glas Weißwein, die er gern annahm.

Man plauderte darüber, daß die Galeria - nachdem sie naturgemäß mit internationalen Künstlern und mit Blick auf eine internationale Klientel gestartet war - langsam, aber sicher auch in das Reservoir der Künstler auf der Insel und zu dem spanischen Publikum vordrang. Und Blau nahm sich vor, nicht nur selbst zur nächsten Vernissage zu kommen, sondern gleich auch noch ein paar Leute mitzubringen, von denen er wußte, daß ihnen etwas mehr Kunst gut tun und zudem ihren Geldbeutel auf eine sehr sinnvolle Weise erleichtern würde. Kenner kamen und kauften ohnehin aus eigenem Antrieb.

Dann ging er und suchte sich eine ruhige Nische in einem der Eingänge des nahegelegenen Parlaments der Balearen, um Juan García anzurufen.

"Unser Mann hat angebissen und ist auf den Speck losgegangen."

"Wie deftig war denn der Speck?"

"Nun, der bekannte Diebstahl des bekannten Gemäldes des bekannten Malers. 100.000 Pfund Anzahlung hat der gar nicht grüne Mister Greene auch schon kassiert."

"Gibt es schon konkrete Termine?"

"Nein. Die sind mit allen Wasseyrn gewaschen und natürlich zu vorsichtig, um sich festzulegen.

Aber es gibt ungefähre Termine. Deshalb müssen wir uns möglichst schnell treffen, um die Falle möglichst perfekt zu konstruieren."

"Ja, was schlagen Sie vor?"

"Mein Vorschlag ist: Wir treffen uns heute abend wieder um 22 Uhr im "Los Rafaeles". Ich stimme Sie genau auf Mister Brooks und Madame Fabry ein, und ich arrangiere unser gemeinsames Zusammentreffen für morgen 17 Uhr in der Villa von Brooks in Camp de Mar. Einverstanden?"

"Ja. Sehr."

"Also. Bis nachher."

Blau fixierte das Date per Handy auch mit Yvonne Fabry und Bob Brooks, wobei der nicht unterdrücken konnte zu raunzen: "Wird aber auch Zeit. Zwei Dalís und dazu noch 100.000 Pfund wären ja sonst ein bißchen viel Verlust."

Blau antwortete nachsichtig: "Dafür, daß ich Ihnen einen Freundschaftsdienst erweise, benehmen Sie sich verdammt schlecht, Mister Brooks."

"Wahrscheinlich haben Sie recht, Mister Blau. Aber jeder hat so seine Gewohnheiten. Ich freue mich jedenfalls, Sie morgen um 17 Uhr zu sehen."

Blau war plötzlich auch sehr friedlich gestimmt. Und er hatte Zeit.

Da er sich in der Nähe, gewissermaßen am Fuß der Kathedrale von Palma befand, beschloß er, ihr wieder einmal einen Besuch abzustatten.

Er setzte sich in eine der hinteren Bänke.

Und ließ seine Seele in das Licht treiben. Das Licht, das jetzt am späten Nachmittag, schon etwas verschattet, von der Rosette und den Fenstern der Südfassade in immer noch kräftigen Kaskaden in den Innenraum schoß. Und Hell und Dunkel, Gut und Böse in den differenzierten Abstufungen abbildete, um die die Kirche zwar wußte, aber im Sinne eines größeren Reiches doch nicht zu viele wissen lassen wollte.

Blau fühlte sich wieder einmal besonders philosophisch, irgendwo auch verdammt einsam, weil er schon in jungen Jahren beschlossen hatte, bei dem Wort von der "Freiheit des Christenmenschen" die "Freiheit" zu betonen - mit allen Konsequenzen, selbst für sein stabiles seelisches Gleichgewicht sorgen zu müssen.

Dann stieg er die Stufen von der hochgelegenen Kathedrale La Seu herab - zu den Musikanten, den Pantomimen, die ihm am Eingang des Parc de la Mar erwarteten - und war wieder in mediterranen, der leichten, der bunten Welt von Palma de Mallorca zuhause.

## Kapitel 32

Blau fiel es noch rechtzeitig ein. Es war nur klug und vernünftig, Ramón Guiterrez im Spiel zu behalten. So machte er sich - mit einer kurzen telefonischen Vorwarnung - gleich auf den Weg zu Guiterrez' Geschäft.

"Ich habe mich vor knapp einer Stunde mit Juan García für 22 Uhr zum Abendessen verabredet, um ihn auf Bob Brooks und Madame Fabry vorzubereiten. Es wäre natürlich ideal, wenn Du dabei sein könntest. Du kennst Bob Brooks viel besser als ich. Entschuldige, daß das so kurzfristig kommt. Aber ich weiß auch erst seit gestern abend, daß die Sache mit Mister Greene geklappt hat."

"Ich auch", lächelte Ramón Guiterrez, zugleich skeptisch, freundlich und nachsichtig. "Du hast bei mir einiges gut, und ich kann es einrichten. Also ich komme."

Ein Sherry machte die beiderseitige Stimmung wieder etwas geschmeidiger.

Blau verzog sich dann zur Bar Bosch und konnte nicht umhin festzustellen, daß er sehr ernsthaft an seinem Fall arbeitete, kam er doch erst jetzt, am frühen Abend, zur gewohnten Lektüre der zeitungen.

"Wir sind ja alle im Thema", eröffnete Blau den konzentrierten Teil des Abendessens. "Ramón, vielleicht ist es das Beste, wenn Du, zur Einstimmung auf das Treffen morgen, Señor García etwas über Bob Brooks erzählst."

"Ich kenne ihn ja noch nicht so lange. Aber es geht die Rede, daß er in England ursprünglich als Bauarbeiter angefangen hat, sich dann zum Polier und Bauleiter hochgearbeitet hat. Danach soll er eine kurze Ehe eine Immobilienmaklerin mit etwas Geld gehabt haben. So hat er das Maklergeschäft gelernt. Dann kam er nach Mallorca - als Immobilienmakler, dem man, was das Bauen betrifft, kein X für ein U vormachen kann."

"Seit wann ist er denn hier?" fragte Garcia.

"Seit neun Jahren, glaube ich. Seine Projekte sind immer größer geworden. Und inzwischen zieht er als Bauträger ganze Feriensiedlungen hoch, die er als Immobilienmakler dann an entsprechende Interessenten, Halbresidenten und dergleichen, verkauft."

"Und als welchen Typ Mensch würdest Du ihn kennzeichnen?", fragte Blau, um vor allem García richtig einzustimmen.

"Du hast ihn ja schon kurz kennengelernt. Er ist direkt, dynamisch, ein Bulldozer, der einen überrollt, wenn man nicht aufpaßt, jemand, der seinen Vorteil zu wahren weiß, aber im Grunde ein gerader Kerl, wenn man selbst auch mit ein paar Wassern gewaschen ist."

"Und ein Mann", fügte Blau, dessen Hang zur Ironie erst zu später Stunde richtig erwachte, hinzu, "der all diese Fähigkeiten in den Dienst der mallorquinischen Polizei stellt."

"Das wissen wir zu schätzen", stellte Juan García demonstrativ ohne irgendeinen Unterton fest.

"Madame Fabry", fuhr Ramón Guiterrez fort, "hat zum Wohle unzähliger Männer gewirkt und sicher auch zahlreicher Damen, die das im Zweifel aber nicht zu schätzen wissen."

Juan García lächelte verständnisinnig.

"Aus ehemals deutscher Sicht ist es schon erstaunlich", bemühte sich Blau, ein elegantes Kompliment zu platzieren, "daß Leute, die sonst die Polizei am liebsten von Weitem sehen, hier gern mit ihr zusammen arbeiten."

"Wer hier länger lebt", nahm Juan García den Ball auf, "weiß eben, daß wir die Individualität des einzelnen sehr respektieren, so lange er sich an unsere allgemeine Ordnung und unsere Regeln hält."

"Wie gesagt", fühlte sich Juan García bemüßigt, die Dinge noch einmal auf den Punkt zu bringen, "wer sich an die Regeln hält, hat in dem Rahmen seine Ruhe."

"Ja, ja. Das ist wie beim Autofahren", wurde Blau etwas übermütig, "man kann so viel trinken wie man will. Hauptsache, man ist angeschnallt. Denn die Gurtpflicht wird scharf kontrolliert."

"Das ist Ihre sehr eigene Interpretation der Dinge, Señor Blau", grinste Juan García und hob demonstrativ sein Glas.

## Kapitel 33

Bob Brooks Villa schien drinnen nur aus drei Elementen zu bestehen: Marmor, Gold und Weiß.

Von außen wirkte sie direkt himmelstrebend: drei Stockwerke an den Berg gelehnt und wahrscheinlich noch zwei weitere in den Berg gebaut. Und: Sie gab sich nicht die geringste Mühe, mallorquinisch zu wirken.

Sie stand da für Geld, in wenig eleganten Proportionen angesammelt und verteilt, neureich, protzig, wie man sie so auch am Bodensee, im Tessin, an einem beliebigen Schweizer See oder in der Gegend von Malaga hätte finden können. Aber grundsolide gebaut. Und mit vielen blauen Markisen.

Toutou tat sich mit dem Marmor schwer und probierte sich in einer Art Marmor-Gliding, als sie laut kläffend jeden Ankommenden nachdrücklich begrüßte.

Blau war als erster gekommen. Ein hübsches Serviermädchen - klassisch angetan mit schwarzem Kleid und weißem Schürzchen - hatte ihn empfangen und zur Begrüßung ein Glas Champagner auf einem silbernen Tablett überreicht.

Dann kam der Auftritt von Bob Brooks: Leichtfüßig eilte der schwere Mann die weit schwingende Freitreppe hinunter, das weiße Geländer, von goldenen Stangen unterrahmt, wie beiläufig benutzend.

"*Hello*, mein Lieber, ich hoffe, Sie fühlen sich bei mir wohl."

"Da bin ich sicher - erst recht, nachdem ich nun auch Madame Fabrys Stimme höre."

In der Tat tönte es zeitgleich etwas gebieterisch aus dem Hintergrund und riesigem Kaminzimmer: "*High honey*, setz Dich zu mir."

Blau gehorchte, platzierte sich brav an Yvonne Fabrys rechter Seite und schloß mit sich Wetten ab, daß Bob Brooks die Dinge so arrangieren würde, daß er auch den nächsten Ankömmling mit einem flüssigen Treppenabgang beglücken würde.

Er behielt recht. Als Ramón Guiterrez eintraf, hatte Bob Brooks einen Grund gefunden, sich in den oberen Räumlichkeiten aufzuhalten und wieder die Treppennummer zu inszenieren. Wahrscheinlich schwärmte Brooks für Hollywood-Filme der Vierziger Jahre.

Guiterrez war offensichtlich nur wenig beeindruckt. Er war schließlich schon des öfteren bei Bob Brooks gewesen.

Und Juan García kam zur Unzeit. Gleich nach Guiterrez, ohne Brooks Zeit für einen neuen Anlauf von oben zu lassen.

Als sich alle - mit Yvonne Fabry als *mater mammas* im Mittelpunkt - im Kaminzimmer versammelt hatten, fand es Blau an der Zeit, das Bedrohliche in der Situation aufblitzen zu lassen: "Wer war eigentlich der zweite Tote, der bei Cap Blanc angeschwemmt wurde?"

Juan García blickte zunächst irritiert, dann aber verstehend: "Das war Ernesto Perez, ein mallorquinischer Kleinkrimineller. Die Russische Mafia oder das System hat sich damit, ebenso brutal wie beim ersten Mal, einen unerwünschten Mitwisser vom Hals geschafft."

Einmal angesprochen, nahm García das zum Anlaß, das Gespräch an sich zu ziehen. "Über diesem bewußten Kamin hat also schon vorher ein Dalí gehangen - und der ist gestohlen worden?"

"Ja, deshalb machen wir ja den ganzen Aufstand", seufzte Bob Brooks schicksalsergeben.

"Señor Brooks, Sie haben diesen Diebstahl bisher noch nicht offiziell angezeigt."

"Dann hole ich das hiermit nach", brummte Brooks. "Ich denke, die Polizei sollte froh sein, daß ich die Lockziege für die sibirischen Tiger spiele."

"Das Bild ist vielleicht etwas gewagt", schmunzelte García, "aber Sie haben recht. Wir sind natürlich froh, daß Sie uns helfen, Elemente, die wir auf unserer Insel gar nicht wollen, so früh wie möglich auszuschalten. In diesem Fall sind wir ohnehin schon spät dran."

Und an Madame Fabry gewandt: "Und dieser ominöse Mister Greene, von dem mir Señor Blau erzählte, hat keinen Verdacht geschöpft, daß zum zweiten Mal bei Mister Brooks eingebrochen werden soll?"

"Ich weiß ja nicht, daß schon einmal bei Bob eingebrochen worden ist", hauchte Yvonne Fabry mit leicht verdrehten Augen in der naivsten Tonlage, die ihre rauchige Stimme zuließ, "und Mister Greene ist offensichtlich genauso unschuldig wie ich."

In das einsetzende röhrende Gelächter setzte sie nach: "Bob, er hat mir jedenfalls nichts davon erzählt, daß er schon mal bei Dir hat einbrechen lassen."

Es war halt wieder einer dieser leichten Tage auf der Insel, wo auch Ernstes sich so schnell in Heiteres und Schweres in Leichtes auflöste.

"Ich habe ihm natürlich gesagt", versammelte Madame Fabry die Stimmung wieder auf konkreterer Basis, "daß ich erstens den Dalí will und zweitens Mister Brooks, diesem besonders manierenlosen Menschen, eins auswischen will. Und er schien es zu schlucken. Er hat mir zugesagt, den Dalí in nunmehr dreieinhalb Wochen anzuliefern."

"Gut", nahm García die Angelegenheit wieder in die Hand, "dann werden wir uns - Sie, Mister Brooks und ich - nachher genau das Grundstück und die Räumlichkeiten anschauen, um festzustellen, wo wir welche Leute der Polizei plazieren und welche sonstigen Maßnahmen wir treffen."

Nach einem kurzen Blick in die Runde fragte er: "Und Sie, Señor Blau, Sie möchten wirklich keine Anzeige machen?"

"Nein", kam es kurz von Blau.

"Sie haben hier alles ausschliesslich zugunsten anderer arrangiert?"

"Nicht ganz."

Als Blau den Erklärungswunsch aller anderen geradezu physisch spürte, setzt er hinzu: "Seit dem Treffen von Madame Fabry mit Mister Greene weiß ich, daß die Dinge so laufen, wie ich das vermutet habe. Und das reicht mir für den Moment."

"Und wenn die Agentur eine Fiktion ist - und dieser Mister Greene nur hunderttausend Pfund kassiert hat und dieser Dalí gar nicht gestohlen wird?", machte García den *advocatus diaboli*.

"Dann sind Ihre Leichen wohl auch eine Fiktion", gab Blau ungerührt zurück.

"Der Zusammenhang zwischen der Russischen Mafia und der Art Service-Agentur ist noch nicht bewiesen", erklärte García, ganz Polizeioffizier im Dienst.

"Eben. Ein bißchen, ich meinte natürlich, die entscheidenden Zusammenhänge aufzuklären, wollte ich doch Ihnen überlassen, Mister García."

Und wieder um versöhnende Verbindlichkeit bemüht: "Señor García, ich denke, die Angelegenheit hier ist jetzt bei Ihnen in den besten Händen. Und ich widme mich meinem Fall."

"Und was wird jetzt aus unserem Fall?", beeilte sich Yvonne Fabry, Blau bei seinem Abgang nachzurufen.

"Der Fall ist doch noch nicht abgeschlossen", gab Blau zurück.

"Señor Blau, vielleicht brauchen Sie uns eher als Sie denken. Meine Nummer haben Sie", stellte García zugleich trocken wie begütigend fest.

"Das kann schon sein", hörte sich Blau sagen, machte kurz kehrt, um Yvonne Fabry wieder einen Handkuß zu dedizieren. Und ging dann seines Weges, das heißt: zum Auto.

## Kapitel 34

"Was für ein wunderbarer Blick." Dr. Bernd van Rees war offensichtlich beeindruckt.

Wie auch nicht? Zur Begrüßung hatte Blau wie einen Mantel, den man einem Gast zum Willkommen vor die Füße breitet, ein prächtiges Panorama von Palma vor van Rees ausgelegt: Unübersehbar, auch aus der Ferne, der Kulminationspunkt, der die Kraftlinien von Palma bündelt und betont: die Kathedrale. Dann der Hafen mit den munteren großen und kleinen Punkten der Schiffe. Jetzt, am späten Mittag, gab das satte Blau des Meeres, das am Horizont in das heitere Hellblau des Himmels überging, dem Bild einen lebendig-kraftvollen und zugleich ruhig-heiteren Hintergrund. Und erlaubte und harmonisierte den Kontrast zu dem ocker-braunen Häusermeer, das sich im Vordergrund wie eine nachlässig gebundene Schürze um die Bucht legte.

Blau hatte Bernd van Rees gegen 13 Uhr bei der Galeria aufgepickt und sofort allein, wie vorher abgesprochen, ins "Son Vida" entführt. Hier ließ er ihn erst einmal in Ruhe ankommen.

Im Anwärm-Geplauder - durch die kräftige Mittagssonne gleichzeitig begünstigt und verlangsamt - erwies sich van Rees als ein

Mann, der behende von einem Thema zum anderen sprang, voller Neugierde auf hübsche Pointen, die er gern formulierte, aber mindestens genauso gern entgegennahm und durch ein kurzes, etwas hektisches, aber immer ehrliches Lachen würdigte.

Blau begriff rasch, daß er hier einen wundervollen Ping-Pong-Partner gefunden hatte. Und so verbrachten beide das dreigängige Menü damit, ein wenig zu politisieren, Klatsch intelligenterer Art auszutauschen und das eigene Leben jeweils in kleinen Portiönchen in Form gepflegter Anekdoten ein bißchen auszuplaudern.

Zum Ende des Desserts wurde van Rees etwas unruhig. "Ich denke, Sie wollten einen Rat von mir - in Sachen Gallé?"

"Ja, daran ist mir sehr gelegen", antwortete Blau, der gern, wenn es die Umstände erlaubten und die Gesprächspartner unterhaltsam waren, den Eindruck erweckte, als habe er alle Zeit der Welt. Und: War 'Zeit haben' nicht der wahre Luxus? Und: War er auf der Suche nach der nicht verlorenen Zeit nicht in Mallorca gelandet - und vor allem geblieben?

Gerade hier konnte er doch in allen möglichen Varianten den Antagonismus beobachten: Erst hetzten die Leute durchs Leben, um mindestens so viel anzusammeln, um danach, in der verbleibenden Zeit, richtig Zeit haben zu können. Doch nicht selten wurde - mangels Übung, die Dinge ins richtige Gleichgewicht zu bringen - dann nichts Rechtes daraus.

Während Blau diesen inneren Monolog blitzartig ablaufen ließ, zog er als eigentliche Antwort auf van Rees' Frage das Bündel von Fotografien der gestohlenen Krämerschen Gallé-Objekte aus seinem Sakko, das er auf einem der beiden freien Stühle am Tisch gelegt hatte, und schob es zu ihm hinüber.

"Diese Gallé-Objekte sind Bekannten von mir gestohlen worden. Sie sind übrigens keine wirklichen Gallé-Kenner oder auch nur Gallé-Sammler. Sie haben die gesamte Sammlung im Ganzen als Finanzanlage und zu Repräsentationszwecken erworben. Nach meinen bisherigen Erkundungen sehe ich mehrere Verdächtige, die diesen Raub als Auftragsdiebstahl veranlaßt haben könnten. Aber mir fehlt das eindeutige Motiv. Ich glaube, es liegt in der Sammlung selbst."

"Bei Gallé", hob van Rees an, freundlich zu dozieren, "gibt es drei oder genauer eigentlich fünf Qualitätsvarianten. 60 Prozent des Outputs, wie man das heute nennen würde, seiner Manufaktur entfallen auf die Massenproduktion, davon wieder zwei Drittel, also insgesamt 40 Prozent, auf die Fabrikware, das andere Drittel, also 20 Prozent insgesamt, auf die Großserien. Stücke dieser Art kosten heute bis maximal achttausend Euro. Objekte dieser beiden einfacheren Qualitätsstufen sind, wie ich sehe, in dieser Sammlung natürlich reichlich vorhanden."

Van Rees wies auf das schnell wachsende Päckchen von Fotos, das er zu seiner Linken aufschichtete.

"Die nächst höhere Kategorie sind die Atelierstücke. Sie machen etwa 35 Prozent der Gesamtproduktion aus. Sie sind deutlich teurer. Stücke dieser Art haben inzwischen einen Wert von 80 bis 130.000 Euro. Und sie sind in dieser Sammlung auch nicht schlecht vertreten."

Van Rees zeigte auf ein zweites und ein drittes deutlich langsamer wachsendes Häufchen von Fotos zu seiner Rechten.

Während er in der Art eines Croupiers nach kurzer Inaugenscheinnahme die Fotos auf die einzelnen Häufchen warf, erläuterte er weiter: "Bei den Atelierstücken muß man wieder zwischen zwei Gruppen unterscheiden: Da gibt es zunächst die sogenannten *demi-riche*-Stücke. Sie wurden zumeist von Mitarbeitern Gallés und in einer Auflage von bis zu 250 Exemplaren erstellt. Sie machen etwas 25 Prozent der Gesamtproduktion der Manufaktur aus. Und dann gibt es noch das *Grand Genre*."

Blau hörte schon am Tonfall, daß jetzt die Apotheose des kleinen Referats beginnen mußte. Da unterbrach sich van Rees. Und ein sehr volkstümlich-ugläubiges "Das! gibt's doch nicht!" entfuhr ihm.

Sich etwas gefangen, hielt er Blau ein Foto vor die Augen und bemerkte bestimmt: "*C'est ça.*"

Blau sah, was er schon mehrmals gesehen, aber bisher nicht zu würdigen gewußt hatte: ein sehr eigenartiges Glas-Objekt. Eine Hand, überwachsen von Muscheln und Algen, augenscheinlich einem oder eher einer Ertrunkenen gehörend, in morbiden Farben, das Grün der Algen, vielfach von dunkel bis Hell abgestuft, die Hand, dunkelbraun bis ockerfarben gehalten, Verwesung beschwörend, dazu das kalkige Weiß der seltsam verbogenen Fingernägel.

"Das ist *'La main aux algues'*, eine der berühmtesten Werke von Emile Gallé. Sie wurde für die Expo Paris im Jahre 1900 gefertigt. Man weiß, daß es ursprünglich drei bis fünf Exemplare gab. Nur zwei sind bekannt, eins davon im *"Musée de l'Ecole de Nancy"* in Nancy, das zweite in Japan. Und jetzt das dritte, eine Sensation."

"Wie hoch ist der Wert?"

"Praktisch nicht zu taxieren. Im Grunde unbezahlbar."

Als Blau sein Erstaunen lautlos auszudrücken verstand, fuhr van Rees fort: "Ich wollte Ihnen ja gerade vom *Grand Genre* erzählen. Das sind Atelierstücke, die in künstlerischer und handwerklicher Qualität herausragen. Sie wurden von Anfang an für auf Luxus bedachte Käufer konzipiert, sind entsprechend aufwendig gestaltet und machen etwa 10 Prozent der Gesamtproduktion aus. Für sie zahlt man heute bis zu 1,5 Millionen Euro. Aber das ist ein Trinkgeld", fuhr van Rees fast beschwörend fort, "im Vergleich zu der besonderen Kostbarkeit und Einzigartigkeit dieser *'Hand mit den Algen'*."

Jetzt hatte auch Blau endgültig verstanden. Er zog die Luft tief ein und wußte: Diese auf die kunstvollste Weise halbverweste Hand hielt sprichwörtlich den Schlüssel für seinen Fall in der Hand, oder sprachlich ähnlich gewagt ausgedrückt: dieses morbide Stück Fleisch aus Glas war das entscheidende Objekt der Begierde.

# Kapitel 35

Blau beschloß, diesen Nachmittag endgültig voll und ganz Emile Gallé und Bernd van Rees zu widmen und seine Sinne und Blicke für die langsam zu bewerkstelligende Lösung zu schärfen.

So orderte er eine neue Flasche Rosé, zu dem sie bereits mit dem Dessert übergegangen waren, streckte seine langen Beine weit von sich und fand in van Rees einen Gallé-Kenner, der offensichtlich alles zu diesem Thema wußte, dabei aber die Fähigkeit besaß, dieses Wissen strukturiert, konzentriert und dazu noch amüsant zu vermitteln.

Als erstes spielten sie das Croupier-Spiel mit den Fotos zu Ende. Das Endergebnis: Zwei *Grand Genre*, fünf *demi-riche*, zwanzig Stück Fabrikware oder Großserie - und eben die 'Hand mit den Algen'.

"Ein *Pièce unique*; das ist höchste Kategorie", wie van Rees anmerkte. "*Pieces uniques* machen fünf Prozent der Gesamtproduktion von Gallé aus und sie kosten generell rund 750.000 Euro. Die ‘Hand mit den Algen‘ ist aber auch in dieser Kategorie exzeptionell."

"Ein Einzelstück in drei Exemplaren?" tat Blau seine Fähigkeit, sowohl mitzudenken wie mitzurechnen, kund.

"Das ist nur scheinbar ein Widerspruch. Ich werde es Ihnen erklären", setzte van Rees an.

Doch Blau mit seinem Sinn für ein logisches Nacheinander unterbrach ihn: "Lassen Sie uns doch erst einmal ausrechnen, was die Gallé-Sammlung der Krämers wert ist - ohne die 'Hand mit den Algen', die Sie ja unbezahlbar nannten."

"Nun, dann rechnen Sie mal", lehnte sich van Rees schmunzelnd in seinem Sessel zurück und griff demonstrativ nach seinem Glas Rosé, "die Eckdaten haben Sie ja."

Blau verzichtete zwar darauf, die Finger zu benutzen, ersparte van Rees aber nicht sein lautes Denken: "20 Fabrikware und Großserien 160.000 Euro, fünf *demi-riche* zirka 400.000 Euro und zwei *Grand Genre* 260.000 Euro. Ergibt 820.000 Euro plus die unbezahlbare 'Hand mit den Algen'. Stimmt's?"

"Es stimmt."

"Nun, da werden sich die Krämers freuen, wenn sie ihre Sammlung wieder bekommen. Die schätzen sie nämlich auf 500.000 Euro."

"Sie haben sicher Ihre Gründe, warum Sie die nicht zu diesem Gespräch gebeten haben?" ließ van Rees seine bewegliche Neugierde aufblitzen.

"Ja, aber das liegt allein an mir. Ich hasse es, Fleiß und Betriebsamkeit zu präsentieren oder umgekehrt auch zu würdigen. Es kommt doch auf das Ergebnis an."

"Da mögen Sie recht haben. Ich bin

Ihnen ja noch schuldig zu erläutern, wie sich das mit den Einzelstücken in mehreren Exemplaren erklärt. Also:

Emile Gallé war ein Perfektionist und ein guter Geschäftsmann zugleich. So ließ er für ein Einzelstück für eine besondere Ausstellung wie die Expo 1900 etwa oder für eine Dedikation für eine besondere Persönlichkeit wie Sarah Bernhardt bis zu sieben Exemplare anfertigen, um dann das gelungenste Stück auszustellen oder zu überreichen. Die übrigen Exemplare versah er mit dem Zusatz *"Etudes"*, gab den Erwerbern damit das exklusive Gefühl, Zeuge und Besitzer eines künstlerischen Entstehungsprozesses zu werden - und verkaufte diese Exemplare so ebenfalls gut."

Blau fand es an der Zeit, ihrem Gespräch ein neues Momentum zu geben und schlug Dr. van Rees vor, an die Bar zu wechseln. Sie schien ihm das rechte Umfeld für eine Frage, die ihn zunehmend zu beschäftigen begann.

"Sie haben doch über Emile Gallé promoviert, also ihm konzentriert wieviel Jahre Ihres Lebens gewidmet?"

"Gut drei Jahre."

"Hat es sich gelohnt? Ist Gallé denn so faszinierend und wenn, warum?"

Dr. van Rees nahm offensichtlich die etwas unerwartet kommende Frage zum Anlaß, kurz in sich hineinzuhorchen, um dann eine Antwort zu formulieren, die er in dieser Konzentriertheit - eine Bar erlaubt und verlangt einen anderen

Duktus der Sprache als ein Referat vor einem akademisch angehauchten Publikum - offensichtlich so noch nicht ausgedrückt hatte.

"Emile Gallé ist natürlich auch als Mensch nicht uninteressant. Ein innovativer Künstler. Von großer Breite. Er hat auch interessante Keramik und Möbel gemacht. Sensitiv. Und gleichzeitig ein glänzender Organisator. Geschäftlich und sozial geschickt. Aber ich finde ihn weniger als Mensch interessant wie als Epochen-Mensch, wie ich das nennen möchte. Er war ein geradezu prototypischer Repräsentant seiner Epoche, des *"Fin de Siècle"*. Denn in Frankreich wurde die Zeit um die Jahrhundertwende eben nicht 'Jahrhundertwende' sondern ‘Ende des Jahrhunderts‘ genannt. Auf der einen Seite steht Gallé für diese etwas anämische Suche nach künstlerischer Verfeinerung einer im wahrsten Sinne *l'art pour l'art.* Auf der anderen Seite nutzte er die Methoden der Massenfabrikation. Er zeigt in der Wahl seiner Themen und vor allem in deren Gestaltung einen unübersehbaren Hang zur Morbidität. Und insofern war er künstlerisch sicher deutlicher als andere - aber eben unbewußt - ein Vorbote der Katastrophe des Ersten Weltkrieges, die dieser Epoche endgültig den Garaus gemacht hat. Er hat sich in der Affäre Dreyfus für Dreyfus eingesetzt - durch Widmungen auf seinen Gläsern - und war letztlich doch ein gesellschaftlich ziemlich angepaßter Mensch, der stets auf seinen Status achtete. Er war, wie schon gesagt, ein typischer Repräsentant einer untergehenden Epoche in einer Zeit des Übergangs. Und seine besseren Objekte haben nicht umsonst bei aller Präzision des Dargestellten - kunstvoll erarbeitet und mit sehr vielen Zwischentönen - etwas Verschwimmendes."

"Also, Ihre Promotion hat sich gelohnt", stellte Blau kurz fest und hob sein Cognacglas. "Jedenfalls für mich."

Dann fuhren sie zu den Freunden in der Galerie und aßen zusammen im Chopin. Es wurde ein schöner, munterer, amüsanter Abend, während Blau ab und zu gedanklich darüber stolperte, daß eine Epoche der Dekadenz eine *"Art Nouveau"* kreiert hatte.

Als er dann herausgefunden hatte, daß da wohl die Dialektik des Weltgeistes à la Hegel am Werk gewesen war, war er es zufrieden. Aber das behielt er lieber für sich.

# Kapitel 36

Blau war verblüfft. Der nunmehr noch vor ihm liegende Weg zur Lösung des Falls schien ihm nach kurzem Nachdenken so glasklar, daß er so recht nicht zu Gallé passen wollte, dessen Gläser sich, wie ihm inzwischen hinreichend bekannt, durch kunstvolle Verschattungen verschiedenster Art auszeichneten.

Nun, vielleicht täuschte er sich auch und der Fall Gallé entwickelte sich weiter Gallé-like.

Jedenfalls hatte Blau so gute Laune, daß er sich den Luxus solcher Gedankenspielchen leistete. Und das schon zum Frühstück - an einem allerdings besonders bequemen Sonntagvormittag.

Blau glaubte nun zu wissen, welche Schritte er als nächste zu unternehmen hatte. Und auf diesen Schritten begleiteten ihn nicht mehr allein sein Instinkt und sein in Logik geschulter Verstand, sondern nun auch ein wohlgefüllter Instrumentenkasten. Dank Doktor van Rees.

Er rief bei den Freunden an, bei denen van Rees übernachtet hatte, um sich zu vergewissern, daß die Höflichkeit, ihn zum Mittagessen und zum Flughafen zu begleiten, eher als störend empfunden worden wäre. Und hatte dann Lust auf einen faulen, freien Sonntag.

Gewissermaßen nebenbei, so kannte er sich, würden sich die möglichen Varianten der kommenden Woche ohnehin aufdrängen, verdichten und in ihre Eventualitäten verästeln.

Eins blieb für diesen Tag auf jeden Fall noch zu tun: sich mit Fiona für Dienstag zu verabreden, aber nicht vor dem späten Nachmittag, da ihn ihre Stimme, die Aussicht, den Nachmittag am Pool mit dem Ausblick auf ihren wohlgeformten Körper verbringen zu können, nicht nur um seinen Seelenfrieden gebracht hätte.

So stillte er seinen Bedarf auf Fleisch wildentschlossen, indem er sich ein Steak in die Pfanne haute und Pommes frites heiß machte. Ein kräftiger Rotwein tat sein Übriges, daß Blau nach dem Essen auf seiner schattigen Terrasse mit Blick auf den Pool einnickte.

„*Je suis un piece unique, demi-riche, mais du Grand Genre*", teilte er Barbara mit, die, da offensichtlich nicht ganz im Thema, diese Mitteilung etwas überrascht zur Kenntnis nahm. Aber sie lächelte ihm zu: "Michael, Du schaffst es."

Blau wurde wieder wach. Lächelte gleichfalls - immer noch leicht benommen beseligt.

Und in den Traum verhaftet. Denn er liebte Träume. Tag- und Nachtträume. Tagträume aber besonders, da sie sehr selten, aber gelegentlich immerhin, auf *high heels*, mit schwingenden Röcken, den Tag durchblitzten.

Doch für heute beendete er diesen Ausflug in das Zwischenreich, sprang in den Pool, schwamm dreißig Bahnen, griff sich einen bereit liegenden Notizblock und schrieb auf: *Pièce unique*, *Grand Genre*, *demi-riche*, Großserien, Fabrikware.

Dann rief er Fiona an: „Wie geht es Dir?“

„Gut, abgesehen davon, daß mein Liebhaber zwar nicht *lousy*, dafür aber *lazy* ist.“

„Beschwerden helfen uns nur, die Leistungsfähigkeit unseres Unternehmens weiter zu verbessern“, gab Blau zurück.

„Habe ich es doch geahnt, daß Du die Dinge wie ein Unternehmer betreibst. Wie weit ist Deine Diversifikation denn schon fortgeschritten?“

„Sie läßt noch zu wünschen übrig oder präziser ausgedrückt: Wünsche offen. Im übrigen ist, wie Du dem *Economist*, *Fortune* und ähnlichen einschlägigen Publikationen sicher entnommen hast, Diversifikation längst nicht mehr 'in'. Man faßt lieber eine unglaublich breite Variante des Angebots in einem Unternehmen zusammen. Das beste Beispiel dafür ist Volkswagen. Da wird vom Bentley über den Phaeton, den schnell beschleunigenden Lamborghini, den Golf bis zum neualten VW-Klassiker aus Mexiko mit den betonten Rundungen alles angeboten, was man an Variationsmöglichkeiten gerne hätte."

„Kurzum, Du erwartest von mir, einer Engländerin, daß ich Dir die Breite von Volkswagen biete?“

Blau war sehr stolz auf sich, wie schnell er das Thema gedreht hatte und verkündete gnädig: „Du kannst ja mit dem Bentley beginnen. Für luxuriöse Varianten bin ich immer zu haben. Und um nun konkret zu werden: Ich möchte Dir am Dienstag das Cap de Formentor zeigen und Dich um halbelf Uhr abholen, einverstanden?"

„Einverstanden."

Blau hatte das Gefühl, die Dinge locker im Griff zu haben.

Aber bei Frauen, das wußte auch Blau, wußte man das selten so ganz genau.

## Kapitel 37

Am Montagmorgen rief Blau Léon Levêque an: “Wie gehen die Geschäfte?“

„Wie üblich, mal gut, mal weniger gut. Und wie kommst Du in Sachen Gallé voran?“

„Ich denke, ich weiß bald, wer für den Diebstahl verantwortlich ist.“

Als Levêques Stutzigwerden förmlich durch den Hörer drang, fügte Blau hinzu: „Keine Angst, es wird niemand erfahren, daß Du mir geholfen hast. Aber ich werde es natürlich nicht vergessen.“

„Und?“

„Der Japaner ist es jedenfalls nicht. Und ein Gärtner ist ja auch nicht in den Fall verwickelt.“

„Wieso Gärtner?“

„Weil der Gärtner immer der Mörder ist. Aber in diesem Fall kennen wir schon die Mörder, wir haben sie nur noch nicht. Es sind Ivan, Nikita und Boris.“

„Ich verstehe nur Bahnhof.“

„Das ist auch der Sinn der Sache. Komm, laß es gut sein. Ich erzähle und erkläre Dir alles, wenn der Fall gelöst ist. Aber eine Frage habe ich noch: Was war die höchste Summe, die Alexander

Schmitz je bei Dir für ein Stück von Gallé bezahlt hat?“

„6.500 Euro. Meist bewegten sich seine Erwerbungen so in einer Größenordnung von 3.000 bis 5.000 Euro. Vor einigen Jahren war Gallé ja auch noch billiger.“

„Nach welchen Kriterien kalkulierst Du, wenn ich das fragen darf, eigentlich Deine Preise?“

„Nach den Einkaufspreisen, auf die ich meinen üblichen Prozentsatz aufschlage.“

„Und was waren die teuersten Stücke von Gallé, die Du je verkauft hast?“

„Die habe ich aus Paris bekommen. Das eine Objekt, ein Riechfläschchen mit Dekor im Glaskörper, habe ich für 70.000 Euro abgegeben. An Pierre du Monteuil. Das andere, eine Vase mit aufgesetztem Dekor, ging an Josef Neumann. Er hat anstandslos die verlangten 80.000 Euro bezahlt.“

„Und Du weißt sicher auch noch, was Du an Missis Andrews verkauft hast?"

„Ja, eine hübsche kleine Vase, genannt die 'Herbstzeitlose'. Sie kostete 5.000 Euro.“

„Vielen Dank, Du hast mir sehr geholfen und auf bald.“

Blau beschloß, für diesen Tag sein Tagwerk getan zu haben. Er fuhr in das "Casa Fernando", aß, was konnte es anders sein: Fisch und Meeresfrüchte vom Frischesten, gut, las seine Zeitungen und überließ sich beim anschließenden Weißwein in der Bar Bosch ganz dem Anblick einiger Passantinnen, ihren aggressiv betonten Brüsten und den im Kontrast dazu so selbstverständlich leicht ausschwingenden Röcken.

Konnte eine Frau mit zwei Kleidungsstücken, Top und Rock, nicht das essentielle Geheimnis der Sexualität auf den Begriff bringen, eben schlicht verkörpern: Aggression auf die weichste, rundeste Art darstellend und so Aggression herausfordern und dann wohlige, in weiten Wellen ausschwingende Entspannung verkünden?

Blau beschloß, diesem speziellen neuen Aspekt seiner Philosophie die gebührende Beachtung zu schenken.

War er induktiv am Beispiel einer dunkelhaarigen, wohlgerundeten Schönen auf seine These gestoßen, so entschloß er sich nun, sie deduktiv zu überprüfen.

Kurzum, er blieb noch knapp zwei Stunden sitzen und hatte das Vergnügen, vier weitere Beispiele in Bildern - langbeinig Schreitende, rund Rollende, scheinbar Abweisende, wirklich Einladende - durch seinen Ausschnitt der Bühne Bosch auf- und abgehen zu sehen.

Dann riß er sich los, aß zu Hause noch eine Kleinigkeit und freute sich auf Fiona.

# Kapitel 38

Sie hatte diesmal eine khakifarbene Hose gewählt, deren lässiger Schnitt ihre langen Beine betonte, und einen olivfarbenen Pullover. Dazu blitzte an ihrer rechten Hand ein Brillant von rund drei Karat.

Als sie Blau's verwunderten Blick bemerkte, kommentierte sie trocken: “Du hast Dir doch die luxuriöse Variante gewünscht. Mehr ist bei einer Bergtour kaum möglich.“

“Demnach hast Du Dir schon überlegt, was Du heute abend anziehst?“

“Sind wir denn heute abend verabredet?“

“Natürlich.“

“Mal sehen, wenn Du ganz lieb bist, darfst Du vielleicht sogar zwischen zwei oder drei Angeboten auswählen.“

Blau wußte: Der Tag würde lang werden, aber auch sehr kurzweilig.

Das Hotel Formentor, das er für die Mittagsrast ausgewählt hatte, war einst das erste der Insel gewesen - ein weiteres Beispiel für die Magie Mallorcas.

Adán Diehl, Sproß einer wohlhabenden

argentinischen Familie, dem schon durch seine beiden offiziellen Berufe, Jurist und Dichter, bestimmt nicht vorgezeichnet war, daß er sich als Hotelier versuchen würde, hatte sich hier auf Mallorca, nachdem er zuvor die Welt bereist hatte, in den zwanziger Jahren einen Lebenstraum erfüllt: ein Luxushotel, an einem unberührten Flecken Erde, in modernen, Bauhaus-geprägten Formen, eingebettet in das dichte Grün des Aleppokiefernwaldes, im steten Kampf der klaren Linien des Hauses mit der solche Vorgaben ignorierenden Natur. Beides: ein Refugium der Stille und ein geschickt inszeniertes Podium für Auftritte der Prominenz.

Die kam auch, vor allem zu Beginn, zuhauf. Winston Churchill, König Edward VIII., der Aga Khan, Peter Ustinov, Charlie Chaplin und Aristoteles Onassis fanden hier einen passenden Rahmen für ihr Ego. Und nicht zu vergessen, die Namensgeberin des Kelly-Bags, bald darauf Gracia Patricia von Monaco, schwebte die große Treppe hinunter zum Strand.

Ein präzise eingesetztes Trinkgeld sicherte Blau und seiner Begleiterin einen besonders angenehmen Ecktisch, von dem aus sie den großen Raum des lichtschattigen Beachrestaurants zur rechten und den Strand der Cala Pi de la Posada mit dem sich dahinter bis Port de Pollença ausbreitenden, leicht wogenden Meer zur Linken bequem im Blick hatten. Nachdem sie sich schnell auf *Lenguado a la plancha*, auf der heissen Gusseisenplatte gebratene Seezunge, und einen leichten mallorquinischen Weißwein von Maciá Batle verständigt hatten, begann Blau, in einige Anekdötchen verpackt, die Geschichte des noblen Hauses zu erzählen, während er nebenbei unauffällig das gar nicht mehr so noble Publikum musterte.

Natürlich war es, gerade zur Mittagszeit gemischter, seit der Sandstrand der Platja de Formentor, einst exklusiv für die Hotelgäste, *qua* Gesetz für die Allgemeinheit und damit für jedermann, -frau und -kinder freigegeben war.

Im gemessenen Geklapper und Gemurmel an den Tischen entdeckte Blau dabei eine Gestalt, die ihm, obgleich sie ihm den Rücken zuwandte, irgendwie bekannt vorkam.

Auffällig geworden war ihm der Tisch durch die übrigen Lunchvertilger, die sich, allein schon der Ausdruckskraft ihrer Hemden nach zu urteilen, eher auf einen ausgiebigen Aufenthalt in Arenal oder auf Hawaii vorbereitet hatten.

Fiona, der ein gewisser Aufmerksamkeitsverlust für ihre Reize nicht entgangen war, bemerkte etwas spitz: "Die Variationsbreite Deiner Interessen, die ich, glaube ich, erst ansatzweise ahne, ist wirklich erstaunlich."

Blau schmunzelte, fühlte sich seinerseits durchaus genügend beachtet und bekannte: "Auf Männer steh ich nun wirklich nicht." Und weil er Bekenntnisse gern gleich in Frage zu stellen pflegte, fügte er noch hinzu: "Und auf solche Typen schon gar nicht."

"Aber", gab er dem Gespräch einen anderen

Ton, "sie scheinen sich für Dich zu interessieren. Jedenfalls für Deinen Brillanten. Sie tun sich offensichtlich schwer, ihre Aufmerksamkeit für Dich zu unterdrücken. Oder kennst Du sie?"

"Also wirklich, solche Leute kenne ich natürlich nicht. Und ansonsten habe ich in Dir doch einen starken Beschützer?"

Blau faßte bestätigend nach ihrer Hand, als sich der vierte Mann am Tisch - offensichtlich hatte man dort auch wahrgenommen, daß man selbst zum Gesprächsgegenstand geworden war - umdrehte.

Es war Nikita. Mit einer Perücke - die seinem Gesicht etwas Trotteliges verlieh, aber der brutalen Gewalt, die in seinen Augen leuchtete, noch mehr Kontur gab.

Blau beschloß, sich erst einmal in Ruhe der Seezunge, die nun serviert wurde, zu widmen. Und auch demonstrativ Fiona. Dann bestellte er noch eine Creme Caramel, überredete Fiona zu einem Eis und erweckte den Eindruck, die Toilette aufsuchen zu wollen.

Er erreichte Juan García sofort unter seiner Handynummer: "Hola, Señor Garcia, entschuldigen Sie bitte, daß ich Sie in der Mittagszeit störe, aber hier im Beachrestaurant des Hotels Formentor sitzt Nikita, mäßig getarnt durch eine schwarze Perücke, mit neuen Spießgesellen."

"Señor Blau, wie ich Sie inzwischen kenne, haben Sie sicher schon einen Vorschlag?"

"Ja, ich schlage vor, erstmal nichts zu machen. Wie ich die Leute einschätze, sind sie bewaffnet. Bei einem großen Zugriff der Polizei in dieser Umgebung könnte es ein Blutbad geben. Und die entsprechenden internationalen Schlagzeilen will man doch sicher vermeiden."

"Das ist natürlich abzuwägen."

"Aber, Sie werden, wie ich Sie kenne, Ihre Leute bei Bob Brooks Villa in höchste Alarmbereitschaft versetzen. Denn drei Wochen warten die hier bestimmt nicht mehr. Die kommen bald. Und dann können Sie sie *in flagranti* und unter günstigeren Umständen schnappen."

“Ich glaube, Sie haben recht. Señor Blau, ich danke Ihnen sehr. Ich überlege, noch zwei Männer in Zivil zu schicken, um sie zu beobachten."

“Das wäre eine Möglichkeit. Aber das dauert von Palma sicher eine Stunde. Und ich kann nicht so lange hier sitzen bleiben, ohne mich in auffällig zu machen. Aber Sie haben ja die Zeichnung von Nikita. Stellen Sie sich dazu noch eine billige schwarze Perücke vor."

“Ich verstehe, Señor Blau, Ihre eigenen Recherchen. Also nochmals vielen Dank, und passen Sie gut auf sich auf."

Nach dem Dessert schlug Blau Fiona vor, den Espresso im Schatten der riesigen Pinien mit Blick auf den berühmten Garten zu nehmen. Als Nikita und Genossen - trotz des etwas trüben Wetters mit zu ihrem Aussehen passenden Sonnenbrillen bewaffnet - durch ihr Blickfeld zum Strand trotteten, beobachtete er Fiona genau.

Aber er konnte kein Zeichen irgendeines Erkennens oder geheimen Einverständnisses zwischen Nikita und ihr erkennen.

Blau beschloß, am Ende des Tages zu wissen, wo er dran war: Konnte er Fiona von der Liste der Verdächtigen streichen – oder nicht?

## Kapitel 39

Sie hatten Glück. Bei dem bedeckten Himmel quälten sich über die schmale Straße zum Cap de Formentor nicht so viele Busse und Leihwagen wie sonst zu befürchten gewesen wäre. Und im Rückspiegel, dem Blau von Zeit zu Zeit besondere Aufmerksamkeit widmete, war auch niemand zu sehen, der nach Nikita und Co. aussah.

So kamen sie schnell voran und wie als Willkommensgruss riß beim Erreichen des Leuchtturms der Himmel auf - und das großartige Panorama zeigte fast den in den Reiseführern versprochenen Glanz.

Gut, Menorca war nicht zu sehen. Aber das Cap de Catalunya und das Cap d'es Pinar boten dem Auge Halt und Maßstab für das Besondere dieses Blicks. Als Grundierung die Weite, Tiefe und das Blau des Mittelmeers, dazu die hineinragenden Landzungen als Fixpunkte, die dem Blick Tiefenschärfe gaben. Buchstäblich atemberaubend: der Blick nach unten, den nur Schwindelfreie sich simpel zumuten konnten, ohne wie all die anderen in existentielle Fragen verstrickt zu werden - an der Lust am Fallenlassen, an der hier so leicht scheinenden Selbstaufgabe, am Eintauchen in den lockenden Glanz dieses so friedlich wirkenden Meeres.

Für Blau war das Cap de Formentor ein Monument der dritten Dimension. Fiona empfand sich einfach als glücklich ob dieses Anblicks, ob eines Liebhabers, der ihr die Insel so pointiert erklärte und vertraut machte, ihr das Meer zu Füßen legte und ob der Aussicht auf einen sicher wunderbar werdenden Abend.

Blau beschloß, auf der Rückfahrt das Szenario dieses Abends rechtzeitig festzulegen: "Wollen wir uns nicht mal einen ganz kerzenlichtromantischen Abend im El Olivo gönnen?"

"Ja, das ist eine wundervolle Idee."

Der Abend begann wie versprochen. Mit dem üblichen Glas Veuve Cliquot machte es sich Blau auf der Couch bequem, während Fiona - schwungvoller denn je - mit der Vorführung ihrer drei Angebote begann.

Schon bei der ersten Variante, kleines Schwarzes mit Nahtstrümpfen und passenden Pumps, begann Blau darüber nachzudenken, ob ein solcher Dresstease nicht aufregender sei als jeder Striptease.

Danach ein Klassiker, der Smoking von Yves Saint Laurent, diesmal in Weiß, Fionas natürliche Vorzüge auf das elegant Deutlichste betonend.

Blau entschied sich für die dritte Variante, ein luftig-duftiges *Trois Pièces* aus Seide, mit vielen Blumen übersät. Objektiv die konservativste Variante, wie Blau sich eingestand.

Und das signalisierte ihm seine Wahl auch: Er war dabei, aus der Rolle des Herausfordernden, des Herausforderung Genießenden, in die Rolle des Besitz-Wahrenden zu geraten.

Blau tröstete sich damit, daß der Rock den Schwung ihrer Hüften betonte, Fiona, wie üblich, keinen BH trug und sie beim anschließenden Abendessen die beiden Bedeckungen so arrangieren würde, ihn richtig einzustimmen.

Aus keinem tieferen Grund, als einen solchen Moment nicht zu verschwenden. Und deshalb mochte er sie sehr.

Blau fühlte sich - gerade in einem solchen Moment - aber auch als ein Mann der Pflicht. So hatte er sich bei Fiona ausgebeten, zwischen ihren Auftritten, ihre Gallé-Sammlung betrachten zu dürfen. “Wenn Dir ein Stück besonders gefällt und Du mir besonders gefällst, ist es Deins", rief sie ihm übermütig zu, noch während sie ihr drittes Angebot vorbereitete.

Blau beschloß, sich in dieser Rolle wohl zu fühlen und ihr Gallé-Interesse zu testen. „Ich nehme, gegebenenfalls natürlich nur, diese etwas phallusartig geratene Vase mit der Gravur: *Benoit soit le coin sombre* (Gesegnet sei der dunkle Winkel).“ Wie Blau inzwischen einschätzen zu können glaubte, wahrscheinlich das wertvollste Stück in ihrer Sammlung.

„Gut, ich bin fast sicher, Du findest sie morgen auf dem Frühstückstisch“, strahlte Fiona und schlang die Arme um ihn.

Blau war froh, daß es nun Zeit war, ins El Olivo aufzubrechen, um dem Abend Form und subtile Steigerungsmöglichkeiten geben zu können.

Die stellten sich bei dem wundervoll komponierten Menü und den von der Sommelière empfohlenen Weinen fast von selbst ein.

Blau wartete bis zum dritten Gang, bevor er, durchaus mit gemischten Gefühlen, auf sein Hauptthema zu sprechen kam: „Was weißt und kennst Du eigentlich vom *Grand Genre*?“

„Also, diese Position kenne ich, offen gestanden, noch nicht. Aber sie hört sich vielversprechend an, und ich bin, wie Du weißt, lernbegierig.“

Der Lachanfall, der Blau heimsuchte, war heftig und schwer zu stoppen. Als er es geschafft hatte, ging sein Lachen in ein befreites Lächeln über. Blau atmete tief durch und beschloß, die verständlicherweise etwas sehr desorientiert dreinblickende Fiona nun wirklich aufzuklären.

Er erzählte ihr von den Krämers, von Gallé, von seinen Recherchen und von seinem Beschluß, sie nun endgültig von der Liste der Verdächtigen zu streichen.

„Da bin ich aber traurig, daß ich es in meinem kurzen Leben auf Mallorca noch nicht zur ruchlosen Auftraggeberin einer kriminellen Vereinigung gebracht habe“, kommentierte sie trocken.

„Aber immerhin zu verschiedenen Vereinigungen", gab Blau zu bedenken.

Dessen bewußt entwickelte sich der Abend so kontrastreich-harmonisch, wie sich das neu

Ineinander-Verwobene nur wünschen können. Blau hatte natürlich darauf geachtet, den eigentlichen Anlaß ihres Kennenlernens, auch im Interesse der anderen Beteiligten - Barbara Unger, Léon Levêque - sorgfältig vernebelt zu halten.

Der kleine, aber entscheidende Unterschied: Zuerst war Fiona, dann gab es Gallé - und nicht umgekehrt.

Blau war in seinem ganzen Leben ohnehin auf einen solchen Gleichklang von privaten und sonstigen Interessen eingestellt, daß aus einem Nacheinander schnell und fast selbstverständlich ein Nebeneinander wurde.

An diesem Abend und in dieser Nacht natürlich ein Miteinander und ein Ineinander.

So fand er, als er etwas schlaftrunken, erstmals am sorgfältig gedeckten Frühstückstisch erschien, die bewußte Vase von Gallé vor und ein schwungvoll beschriebenes dunkelblaues Blatt, das sich als Fionas Briefpapier erwies, mit der Widmung: „Wenn ich auch nicht weiß, was *Grand Genre* ist, so weiß ich doch, was Grand in seinem Genre ist. Fiona".

Blau war auf der Höhe des Moments: „Es war nur von einem Geschenk die Rede. Also kann ich wählen. Ich nehme das wunderbare, dunkelblaue Blatt hier."

Beim Abschied gab er ihr einen Kuß und formulierte als Hommage an ihren Wortwitz: „Wie wir beide gemerkt haben: Kenner erkennen sich eben. Demnächst kannst Du mir übrigens helfen, einen wirklichen Kenner von Gallé, richtig kennenzulernen.“

## Kapitel 40

„Señor Blau, ich habe mir schon große Sorgen gemacht, daß Sie von der Mafia entführt worden sind“, begrüßte ihn Augusta Pereira vorwurfsvoll, als er gegen Mittag bei seiner Finca eintraf.

„Sie wissen doch, Augusta, wer mich normalerweise entführt oder wen ich verführe - so genau weiß man das eigentlich nie“, entgegnete Blau entspannt.

„Ja, ja die Frauen“ seufzte Augusta Pereira.

„Wieso, haben Sie etwas gegen Frauen?“, gewann Blau langsam Spaß an der Unterhaltung.

Doch den Gefallen tat ihm Augusta Pereira nicht: „Ich weiß selbst, daß ich eine Frau bin“, schnaubte sie kurz und suchte und fand ihre Arbeit im nächsten Zimmer.

Es war Zeit, Barbara anzurufen. „Was soll ich eigentlich morgen, zu du Monteuil, anziehen, Smoking oder Tuxedo?“

„Ich nehme Dich in Schwarz und in Weiß.“

„Oh, das ist ja zu schön...“

„..um wahr zu werden“, brachte ihn Barbara wieder auf den Boden der derzeitigen Tatsachen. „Was macht eigentlich Fiona?“

„Ihr geht es sehr gut, wie sie mir von Zeit zu Zeit versichert", konnte Blau der Versuchung, sich zu revanchieren, nicht widerstehen.

„Gut, dann hol mich morgen um 19 Uhr ab. Und sei bitte pünktlich, damit wir vorher noch in Ruhe Zeit für ein Glas Champagner haben".

„Versprochen."

Beim Mittagessen erwog er die Frage Schwarz (Smoking) oder Weiß (Tuxedo) doch etwas gründlicher - anhand der Informationen, die ihm bislang über Pierre du Monteuil zur Verfügung standen.

Belgier - stand für Tuxedo, von Adel - war in dieser speziellen Frage, zumal mit Wohnsitz auf Mallorca, eher Tuxedo-verdächtig, sprach mit dem Zusatz charmanter, älterer Herr aber eher für Smoking, früher Lobbyist eines amerikanischen Pharmakonzerns in Brüssel - eindeutig Tuxedo, Sammler von Gallé - eindeutig Smoking.

Blau entschied sich für Smoking.

Er hatte recht getan, wie sich am nächsten Abend zeigte, als der Hausherr und die meisten männlichen Gäste die gleiche Wahl getroffen hatten.

Pierre du Monteuil widmete Blau die unaufdringliche Aufmerksamkeit, die er einem für ihn neuen Begleiter Barbaras schuldig zu sein glaubte. So fand Blau bald Gelegenheit, seine Bewunderung für die stilbewußte Einrichtung des Hauses zu bekunden. Und erhielt die erhoffte Einladung, ihm kurz das Haus zu zeigen - zumal die anderen Gäste sich offensichtlich zuhause fühlten, einander kannten und zwanglos kleine Grüppchen gebildet hatten.

"Und hier sehen Sie meine Gallé-Sammlung", sagte du Monteuil mit dem selbstgewissen Stolz eines Sammlers, der wußte, daß er etwas Besonderes zusammengetragen hatte. Das sah auch Blau sofort. Gerade bei Gallé-Objekten, so hatte es ihm van Rees eingeschärft und so hatte er es am Beispiel der Sammlungen von Alexander Schmitz, Fiona und der Fotos der Krämer'schen Sammlung inzwischen vor Augen, konnte man genau sehen, welchen Grad an Zuwendung der Meister selbst eingebracht hatte. In der Sammlung von Pierre du Monteuil war der Zuwendungsgrad eindeutig höher. *Notabene* damit auch ihr Wert.

"Das ist wirklich eine auserlesene Sammlung", nahm Blau die Gelegenheit wahr, sich als Gallé-Kenner zu profilieren. "Sie sammeln offensichtlich nur Atelierstücke. Und nicht wenige davon, schätze ich, sind dem *Grand Genre* zuzurechnen."

"Ah, Sie verstehen etwas von Gallé. Welche Freude", lächelte du Monteuil erfreut.

"Von den Stücken aus der Massenproduktion halten Sie offensichtlich nicht so viel?"

"Nein. Ich hatte beruflich - ich war Repräsentant eines amerikanischen Pharmakonzerns - genug damit zu tun. Privat und als Rentier" - du Monteuil ließ das Wort 'Rentier' etwas länger schleifen, um unauffällig diskret darauf hinzuweisen, daß er von seinem Vermögen leben konnte - "brauche ich das nicht mehr."

Und nach einer kurzen Pause: "Sie sind übrigens erst der Zweite, den ich auf der Insel getroffen habe, der etwas von Gallé versteht. Der andere ist Herr Neumann, der Schwimmbadarchitekt. Sie haben vielleicht von ihm gehört."

"Ich habe ihn auch einmal kurz getroffen."

"Ja, ja, wie man eben solche Leute so trifft. Ich habe ihn einmal sogar eingeladen. Aber er ist von sehr begrenztem Unterhaltungswert. Außer über Schwimmbäder und über Gallé kann man mit ihm nicht viel reden. Und", in der Erinnerung etwas amüsiert lächelnd, "ich war natürlich von der Runde der einzige, der damit zwei Gesprächsthemen hatte. Ich glaube, er ist inwendig viel interessanter und explosiver. Aber er tut sich halt schwer mit dem Geplauder. Eher ungewöhnlich für einen Österreicher und erst recht für einen Wiener. Ich habe da als ehemaliger Lobbyist natürlich viel mehr Übung", schloß er seinen Monolog mit einer heiter-melancholischen Prise Selbstironie ab.

"Aber nun, junger Freund, müssen wir wieder zu den anderen Gästen. Und bei Tisch müssen Sie mir unbedingt erzählen, wie Sie auf Gallé gekommen sind."

Über seinen Gastgeberpflichten, darauf zu achten, daß sich alle gut unterhielten, dem für diesen Anlaß verpflichteten Personal möglichst unmerklich Anweisungen zu geben und bei all dem seinen bekannten Charme diskret-deutlich aufschimmern zu lassen, hatte du Monteuil es offensichtlich vergessen, Blau nach den näheren Umständen seiner Kenntnis von Gallé zu befragen.

So beschloß Blau - er wußte schon länger, daß fast alle Menschen gern von sich erzählen - es umgekehrt zu halten: "Wie sind Sie eigentlich dazu gekommen, Gallé zu sammeln?"

"Um eine lange Geschichte, kurz zu fassen: Meine Familie ist mit dem Grafen de Montesquiou verwandt, der ein enger Gefährte und Freund Gallé's war, wenngleich es in dieser Beziehung später auch einen tiefen und endgültigen Bruch gab. Dennoch sind viele - und das waren immer besondere Stücke - in der Familie geblieben. Und da ich mich dafür interessierte und Gallé in früheren Zeiten nicht so geschätzt wurde wie jetzt, sind sie bei mir gelandet. Meist waren meine Verwandten einfach froh, sie los zu werden, und im besseren Fall, mir eine Freude zu machen. Das war der Grundstock der Sammlung. Und wenn ich etwas Besonderes sehe und es in jeder Beziehung paßt, kaufe ich gelegentlich noch etwas hinzu."

"Kennen Sie eigentlich das Objekt 'Die Hand mit den Algen'?"

"Natürlich. Ich habe sie im Musée de l'Ecole de Nancy gesehen, das jeder an Gallé Interessierte besuchen sollte. Wie kommen Sie darauf?"

"Sie dient als Titelbild eines Buches über Gallé, das ich gelesen habe. Und dieses

Objekt hat mich durch seine besondere Morbidität beeindruckt."

"Ja, ja. Gallé und die Vergänglichkeit der Natur. Sie sind offensichtlich ein sehr interessanter junger Mann. Wir sollten uns bei einer Gelegenheit, bei der ich nicht der Gastgeber bin, ausführlicher unterhalten. Sie entschuldigen mich bitte?"

Blau wußte: Hier und heute würde er nicht mehr erfahren.

So widmete er sich für den Rest des Abends, ohne seine Tischdame zu sehr zu vernachlässigen, Barbara, die ihm gegenüber plaziert war.

Und ein bißchen, hatte er das Gefühl, die alte Glut - wenn auch nicht neu entfachen, woran ihm im Grunde im Moment auch nicht gelegen war, so doch stetig glimmend erhalten zu können.

Bei der Heimfahrt konnte Barbara unversehens eine Frage nicht unterdrücken: "Du führst doch was im Schilde. Was ist denn los?"

"Ich arbeite gelegentlich."

"Was - Du und arbeiten?"

"Ist das denn so schlimm?"

"Überhaupt nicht. Im Gegenteil. Das ist nur eine ganz neue Geschichte.

"Ich erzähle sie Dir, wenn sie rund ist. Ich denke - in etwa einer Woche."

"Gut. Ich bin ja schon so neugierig auf diese neue Variante von Michael Blau."

Sprachs, zog seinen Kopf herunter, um ihm

einen Kuß auf die Stirn zu geben, und entschwebte fröhlich winkend in ihre Villa.

# Kapitel 41

Es war mehr Blaus Sinn für Systematik als das Gefühl, etwas übersehen zu haben, der ihn beim Rasieren am nächsten Morgen den Fall buchstäblich anhand der Finger seiner freien, linken Hand noch einmal durchzählen ließ.

Erstens: der Japaner. Ein armer Ehekrüppel; gewiß niemand, der die Zeit und den Nerv hatte, seiner Ehefrau ausgerechnet die etwas modrige 'Hand mit den Algen' verehren zu wollen - falls er überhaupt je von der speziellen Bedeutung dieses Objektes gehört hatte.

Zweitens: Alexander Schmitz. Nach Blau's eigenem Eindruck und nach Auskunft von Leon Levêque jemand, der mehr auf Masse statt auf Klasse setzte, der aufgrund seiner Börsenerfahrungen jedoch wußte, daß Markennamen, die im Trend sind, auch Minderwertigeres tragen und im Preis hochziehen konnten. Kaum vorstellbar, daß er von seinem Reihenhaus in Peguera den Kontakt zu einer Bande international operierenden Kunstraub-Experten gesucht und gefunden hätte.

Drittens: Fiona Andrews. Auch bei erneutem Nachdenken konnte Blau nicht glauben, daß sie ihn so hätte täuschen können. Wenn er an seine

Testfrage zum *Grand Genre* dachte, so mußte er immer noch lächeln - so viel Naivität, so ungehemmt dargeboten: sie war schon eine besondere Mischung.

Und der Typ einer fanatischen Sammlerin gewiß nicht. Nein, seit ihrer Ankunft auf Mallorca hatte sie sich offensichtlich sehr bewußt der Leichtigkeit des Seins verschworen.

Blieben Nummer 4 und Nummer 5: Pierre du Monteuil und Josef Neumann. Beide waren - nach allen Informationen, die Blau jetzt hatte - echte Sammler von Gallé-Objekten. Beide hätten sicher auch die Internationalität und Chuzpe gehabt, eine Agentur wie 'Art Service' zu benutzen.

Blieb die Frage nach dem Motiv, dem Besitzen-Wollen, Besitzen-Müssen - vor allem der 'Hand mit den Algen'.

Pierre du Monteuil wirkte auf Blau als Typ und damit auch in seinem Verhältnis zu seiner Sammlung entspannter. Zudem mehr erpicht auf seine gesellschaftliche Stellung, die er, wie Blau erlebt hatte, sehr bewußt pflegte.

Neumann waren da - auch wenn ihn Blau nur kurz kennengelernt hatte - mehr Sammlerleidenschaft, Rigorosität und Ich-Bezogenheit zuzutrauen.

Blau enthielt sich eines abschließenden Urteils, benutzte diese Vorüberlegungen nur als Einstimmung auf die möglichen Varianten des Themas - schritt zur Tat und rief die Krämers an: "Kennt Ihr Pierre du Monteuil?"

"Leider nicht", tat Klaus Krämer am anderen Ende der Leitung kund. "Ich habe aber schon mehrfach von ihm in der Societykolumne des Mallorca Magazins gelesen", hörte Blau Edith Krämer im Hintergrund rufen. Offensichtlich war das Telefon auf Mithören geschaltet.

"Kennt Ihr Josef Neumann?"

"Aber klar! Der hat vor ein paar Monaten unserem Pool mehr Schwung und Stil gegeben. Edith ist ja für solche Art von Vorschlägen sehr anfällig."

"Gut. Bitte laß Dein Handy eingeschaltet, Klaus. Ich denke, ich werde sehr bald mit sehr konkreten Ideen auf Euch zukommen."

"Und was soll das nun wieder bedeuten?"

"Daß Du Dich noch ein paar Stunden gedulden mußt."

"Und dann ist Weihnachten?"

"Genau", verabschiedete sich Blau nachdrücklich und legte auf.

Dann rief Blau Fiona an: "Du kannst mir jetzt sehr helfen. Kann ich Dich in einer knappen halben Stunde zu einem kleinen Ausflug abholen?"

"Ja. Das hört sich ja richtig spannend an."

"Wird es auch."

Anschließend wählte Blau Juan García an: "Sind Nikita und Co. schon in die Falle gegangen?

"Ja, woher wissen Sie das, Señor Blau?"

"Instinkt. Sind Bob Brooks und Madame Fabry wohlauf?"

"Ja. Es ist alles prächtig gelaufen. Ich hätte Sie auch gleich angerufen."

"Macht nichts. Dann rufen Sie mich bitte in genau eineinhalb Stunden auf meinem Handy an, um mir alles zu schildern. Kann ich mich darauf verlassen?"

"¡Claro! Schließlich sind wir Ihnen einiges schuldig, Señor Blau."

Blau verkündete Fiona, kaum daß sie in sein Auto gestiegen war: "Ich hatte Dir doch versprochen, daß Du jemanden neu und richtig kennenlernen wirst."

"Dich?"

"Das auch. Aber das eigentliche Thema ist: Wir fahren jetzt zu Herrn Josef Neumann. Und Du wirst Dich bitte nachdrücklich und sehr emotional darüber beschweren, daß der Zeitplan bei Deinem Schwimmbadbau überhaupt nicht eingehalten wird. Und ich werde derweil seine Toilette aufsuchen müssen."

"Mehr verrätst Du nicht?"

"Notfalls schon. Du kannst Dich entscheiden: Mitdenken oder überraschen lassen. Ich bin zwar sehr für mitdenkende Frauen, aber in diesem Fall ist die Variante 'Überraschen lassen' für uns beide einfacher."

"Gut. Einverstanden. Wir sind eh noch der Phase unserer Beziehung, in der man sich wünscht, ständig überrascht zu werden."

Mein Gott, dachte Blau, diese Frau ist

nicht nur sexy, zärtlich, witzig, flexibel, sondern auch noch klug.

Josef Neumann war nicht wenig überrascht, als eine offensichtlich aufgeladene Missis Fiona Andrews vor seiner Tür stand, bat eintreten zu dürfen, um in Gegenwart eines Herrn, der etwas mehr von mallorquinischen Bräuchen verstand als sie, seine Terminplanung zu diskutieren.

Neumann, einmal in die Defensive geraten, rutschte immer mehr in sich zusammen. Jedenfalls fand er den Schalter nicht, um seine übliche Arroganz anzuknipsen. Umgang mit einer *cool* argumentierenden englischen Lady war er sichtlich nicht gewohnt.

So konnte sich Blau in aller Ruhe erheben, um scheinbar die Toilette aufzusuchen - während Fiona, die an ihrer Rolle offensichtlich Vergnügen gefunden hatte, weiterhin verbal auf Josef Neumann eindrosch.

Blau wurde, als er das Haus inspizierte, schnell fündig: Wie selbstverständlich stand inmitten einer beeindruckenden Gallé-Sammlung die 'Hand mit den Algen'.

Blau hatte richtig kalkuliert: Natürlich hatte Neumann, menschenscheu wie er im Grunde war, der Versuchung nicht widerstehen können, das Objekt seiner Begierde direkt vor Augen zu haben - da er keinen Besuch erwarten mußte, erwarten durfte.

Weitere Objekte der Krämerschen Gallé-Sammlung entdeckte Blau bei näherer Betrachtung allerdings nicht.

Blau beschloß, die Sache im wahrsten Sinne des Wortes in die Hand zu nehmen.

Mit 'Der Hand mit den Algen' in der Faust betrat er den Salon, in dem eine aufgebrachte Missis Andrews weiter Herrn Neumann verbal in Schach hielt.

Neumann erbleichte - quasi drehbuchgemäß.

"Herr Neumann", versuchte Blau - innerlich etwas belustigt -, einen strengen Ton anzuschlagen: "Wie man in Kriminalfilmen an dieser Stelle sagt: Das Spiel ist aus! Ich sage Ihnen aber: Das Spiel geht weiter - wenn Sie von dieser Sekunde an sehr klug mitspielen."

Wie in einem gutgemachten Krimi in einem Boulevardtheater, klingelte in diesem Moment Blau's Handy und Juan García war, wie verabredet, am Telefon. Blau achtete darauf, die entscheidenden Passagen für Josef Neumann deutlich zu wiederholen: "Also, Ihr habt einige der russischen Mafia-Killer, die zwei Mallorquiner umgebracht haben, gefaßt." "Angesehene Residenten auf Mallorca sollen die Auftraggeber sein. Interessant." "Aber einige Fragen sind noch offen." "Natürlich, wir werden weiter eng zusammenarbeiten."

Neumanns Augen, den Blau während seines Telefonats fixierte, schwankten zwischen offenem Haß, kalter Wut und hoffnungsloser Ergebenheit.

Bemüht, seiner Stimme einen entspannten Ton zu geben, wählte Blau nun die eindringlich-ruhige Variante: "Analog zu dem Titel eines

Films mit Heinz Rühmann und Fernandel, empfehle ich Ihnen über folgende Frage nachzudenken: Geld oder Leben.

Sie wissen, Sie sind in Ihrer Existenz erledigt, wenn ich Sie voll auffliegen lasse. Bisher habe ich aus verschiedenen Gründen den Fall noch nicht offiziell bei der Polizei angezeigt. Aber das kann ich, wie Sie meinem Telefonat sicher entnommen haben, jederzeit nachholen.

Oder: Sie nehmen genügend Geld in die Hand - und wenn meine Freunde, die Krämers, zustimmen - können wir die ganze Angelegenheit ziemlich lautlos aus der Welt schaffen."

Neumann, dessen Welt innerhalb von fünf Minuten völlig aus den Fugen geraten war, begann sich wieder zu fassen: "Natürlich wähle ich 'Geld'. Wie sieht Ihr Vorschlag genau aus?"

"Was ist Ihnen die 'Hand mit den Algen' wert oder, anders gefragt, welches Honorar haben Sie 'Art Service' bezahlt?"

"Für einen jungen Mann sind Sie aber verdammt gründlich, Herr Blau."

"Also, wieviel haben Sie bezahlt?"

"1,3 Millionen Euro, davon für die 'Hand' allein 900.000 Euro."

"Gut, demnach ist Ihnen dieses Objekt 1,8 Millionen Euro wert - was nach meinen Recherchen noch ein günstiger Preis ist. Also: Ich mache Ihnen folgenden Vorschlag. Sie erwerben die 'Hand mit den Algen' für 1,8 Millionen Euro und geben die restliche Gallé-Sammlung, an der Ihnen wahrscheinlich sowieso nicht so viel gelegen ist, wieder zurück."

"Da sind aber auch noch zwei sehr interessante Stücke dabei."

"Ja, ja. Ich weiß. Die beiden, die man dem *Grand Genre* zurechnet."

Neumann wirkte verblüfft, weil er merkte, daß er es mit einem Experten zu tun hatte; Fiona vergnügt, weil sie wußte, daß sie es mit einem Experten zu tun hatte.

Blau beschied Neumann kurz: "Das können Sie später mit den Krämers verhandeln - falls die mit Ihnen überhaupt noch reden wollen. Jetzt will ich erst einmal die Grundvereinbarung festzurren. Sind Sie einverstanden?"

"Muß ich ja wohl."

"Ich sehe, Sie haben Ihre Situation begriffen. Dann schreiben Sie einen Scheck über 1,8 Millionen Euro aus."

"Der ist aber noch nicht gedeckt."

"Wie lange werden Sie brauchen, Ihre Konten so zu arrangieren, bis er gedeckt ist?"

"Zehn Tage."

"Gut, so lange nehme ich das *corpus delicti*, 'Die Hand mit den Algen', mit."

Neumann schrieb brav den Scheck aus, brachte ein komfortables, professionelles Tragebehältnis für die 'Hand mit den Algen', und

Blau fand es plötzlich für sich unerträglich, einen älteren Herrn, wenn auch sicher nicht zu unrecht, so gedemütigt zu sehen.

So gab er dem Ganzen eine andere Richtung: "Ich kann mir schon denken", begann er nun zu Fionas Erstaunen auf Deutsch, nachdem die bisherige Unterhaltung im Umgangsenglisch geführt worden war, "warum Sie das gemacht haben: 'Der Tod, das muß ein Wiener sein' - wie es im Liede heißt. Die Morbidität der 'Hand mit den Algen' - das muß Sie einfach gereizt haben."

"Ja, das. Und schaun's", verfiel er ins Wienerische, "ich bin halt ein leidenschaftlicher Sammler von Gallé. Und ein solches Stück bei Leuten, die offensichtlich nicht wußten, was sie da hatten. Ich konnte der Versuchung nicht widerstehen. Aber natürlich: Es war ein Fehler. Falls Sie die Lösung so hinbekommen, wie besprochen, werde ich Ihnen ewig dankbar sein."

Blau fand es an der Zeit zu gehen. Er nahm den Scheck an sich, das Tragebehältnis mit der 'Hand mit den Algen' in die linke Hand und gab Neumann die rechte Hand: "Ich rufe Sie morgen früh an."

Fiona bemerkte beim Abgang mit der eleganten Bosheit, wie sie so wohl nur Engländern zur Verfügung steht: "Wie finden Sie eigentlich meine Gallé-Sammlung, Herr Neumann?"

"Sehr schön, aber offen gestanden nicht so sensationell, Mrs. Andrews."

"Sehen Sie, jetzt weiß ich Ihre Höflichkeit,

nicht darauf einzugehen, erst richtig zu schätzen."

Josef Neumann blickte ihnen, ebenso ermattet wie erleichtert, noch eine gewisse Zeit nach.

## Kapitel 42

"Ich habe Euch drei Mitteilungen zu machen", eröffnete Blau das kurzfristig für den Abend mit den Krämers verabredete Essen im 'Tristán' in Puerto Portals. "Erstens die gute für Euch: Der Wert Eurer Gallé-Sammlung beträgt insgesamt 2,62 Millionen Euro, abgerundet 2,6 Millionen Euro. Zweitens die gute für mich: Mein Honorar erhöht sich deshalb auf 260.000 Euro, wovon ich erst eine Anzahlung von 25.000 Euro erhalten habe. 235.000 Euro stehen damit noch aus. Drittens, wieder eine gute für Euch: Damit Ihr nicht darüber nachdenken müßt, ob Ihr mich bezahlen könnt oder wollt, habe ich Euch hier einen Scheck über 1,8 Millionen Euro, ausgestellt von Herrn Josef Neumann, mitgebracht."

Hinterher fand Blau diese Eröffnung doch etwas eitel, aber der Versuchung, die Dinge so zu pointieren, wie er mochte, natürlich auf Edith einen gewissen Eindruck zu machen und Klaus Krämer mit buchstäblich offenem Mund dasitzen zu sehen, konnte er bei diesem, seinem ersten Fall auf Mallorca, denn doch nicht widerstehen.

Edith fand als erste die Sprache wieder. "Macht 1,565 Millionen Euro für uns. Mit einer solchen Summe können wir über kurz oder lang ganz auf die Insel ziehen."

"Ihr müßt allerdings die komische 'Hand mit den Algen' verkaufen."

"Das scheußliche Ding konnte ich noch nie leiden", verkündete Edith den Familienbeschluß, den sich auch, so wußte Blau, Klaus Krämer nach rationalstem Abwägen des Für und Wider zu Eigen machen würde.

So kam es denn auch. Blau empfing beim genüßlichen Aufblättern der Geschichte das verdiente Lob, überreichlich von Edith, etwas sehr sparsamer und etwas verkniffen, wie er fand, von Klaus Krämer.

"Du mußt noch einen Scheck über 235.000 Euro ausstellen", sah sich Blau beim Dessert veranlaßt, Klaus Krämer zu mahnen. "Ich werde ihn erst einlösen, wenn Du mich angerufen hast, daß der Scheck von Herrn Neumann gutgeschrieben ist. Und das sollte so in zehn Tagen der Fall sein."

Krämer schrieb den Scheck aus - sichtlich voller Zweifel, daß eine *Win-Win-Konstellation*, von der er in seinen Management-Kursen gehört hatte, auch auf einen kriminellen Diebstahl anwendbar sein sollte.

Blau war schließlich so genervt, daß er nach der Rechnung winkte und, als sie dann kam, verkündete: "Klaus, ich habe noch eine Überraschung für Dich. Diesmal bezahlst Du."

Dann verabschiedete er sich formvollendet von Edith, etwas reserviert von Klaus und fuhr rasch ins Pacha. In der VIP-Suite ergötzte er sich noch lange an den Schönen der Nacht. Und kam auf eine größere Zahl von Drinks als sonst.

Kapitel 43

"Und nun werde ich aufgeklärt?", begann Barbara ihr Lunchgespräch im 'Fabrica 23' mit dem spöttischen Unterton, den Blau so liebte.

"Wenn Du willst", fiel Blau nach kurzem Nachdenken noch eine adäquate Antwort ein.

"Also, schiess los."

Blau erzählte und erzählte und erzählte, ließ die Köstlickeiten aus der Küche, völlig ungewöhnlich für ihn, nur abwesend probiert, zurückgehen, bis Barbara scheinbar das Resüme zog. "Also, Blau ist jetzt Detektiv?"

"Nein, Blau ist Blau, bleibt Blau."

"Gut so. Aber von Zeit zu Zeit würdest Du offensichtlich gern mal Detektiv spielen? Ich kann ja zu Deinem weiteren Ruhm auf der Insel beitragen."

"Warum nicht?"

"Eben. Und was hast Du dabei Neues über Dich erfahren?"

"Darüber habe ich noch gar nicht nachgedacht. Wie kommst Du denn darauf?"

"Weil alle Detektive, so habe ich vor kurzem gelesen, auf der Suche nach sich selbst sind."

"Eine interessante Idee."

"Eben. Dann solltest Du weiter suchen", hob sie ihr Glas.

Blau prostete mit.

Wo Sie Herrn Blau mit etwas Glück, wenn Sie ihn erkennen, in Palma treffen können:

BAR BOSCH
*Plaça Juan Carlos I.*
CA'N EDUARDO
*Industría Pequera, 4*
CASA FERNANDO
*Ciutat Jardín. Trafalgar, 27*
CHOPIN
*C'an Puigdorfila, 2*
ES BALUARD
*Plaça Porta Santa Catalina, 9*
FÁBRICA 23
*Fábrica, 23*
KOLDO ROYO
*Passeig Maritim, 3*

Und das sind einige seiner auserkorenen Lieblingsfutterstätten auf der Insel:

BEACHRESTAURANT *im Gran Hotel Formentor. Platja de Formentor*
C'AN ANTUNA
*Fornalutx. Arbona Colom, 8*
EL OLIVO im Hotel La Residencia.
*Deià. Son Canals s/n*
ES RACO DES TEIX
*Deià. Carrer de Sa Vinya Vell, 6*
LA RESERVA ROTANA
*Manacor. Camí de S'Avall, km 3*
TRISTÁN
*Puerto Portals. Plaza del Puerto*

Hier können Sie mehr über Emile Gallé und sein Schaffen, die Art Nouveau oder über Blau's geliebtes Mallorca erfahren:

**Musée de l'École de Nancy**
*38, rue du Sergent Blandan, 54000 Nancy*
*www.ecole-de-nancy.com*
*www.artnouveau-net.com*

**al punto - Der kulinarische Reiseführer - Mallorca.** *Erscheint jährlich bei PANEM MEDIA S.L., Pollenca/Mallorca*

*Battersby, Martin:* The World of Art Nouveau, London 1968
*De Fourcaud, Louis:* Emile Gallé, Paris 1903
*Gallé, Emile:* Escrits pour l'Art, 1884-1889, hrg. v. Henriette Gallé-Grimm, Paris 1909
*Garner, Philippe:* Emile Gallé, München 1979
*Hilschenz, Helga:* Das Glas des Jugendstils, Düsseldorf, München 1973
*Pazaurek, Gustav:* Moderne Gläser, Leipzig 1901
Rheims, Maurice: The Age of Art Nouveau, London 1960

Auktions- und Verkaufskataloge sowie die Webseiten der Firmen:
Christie's, Lair-Dubreuil & Baudoin, Maître Blache, Manson & Wood, Sotheby & Co.